La corona valenciana

Assessors de la col·lecció:
Rosa Giner i Joan E. Pellicer

Jaume Fuster
La corona valenciana

Introducció, propostes didàctiques i
glossari de Víctor Gómez Labrado

El Grill
Tres i Quatre

Sant Ferran, 12 - 46001 (València)
Primera edició dins d'El Grill, novembre, 1993
Segona edició: Març, 1994
Tercera edició: Novembre, 1995
Quarta edició: Febrer, 1996
Cinquena edició: Maig, 1999
Sisena edició: Octubre, 1999
Setena edició: Juliol, 2001
Setena edició, tercera reimpresió: Novembre, 2004
Setena edició, quinta reimpressió: Maig, 2008
Coberta: Tony Payà
ISBN: 978-84-7502-409-7
Dipòsit legal: V-2349-2008
Composició: Germania
Imprés a Guada Impressors, S.L.

INTRODUCCIÓ

L'AUTOR

Jaume Fuster i Guillemó va nàixer a Barcelona l'any 1945. A banda d'alguns escrits més circumspectament intel·lectuals com ara són *Breu història del teatre català* (1971) o *El Congrés de Cultura Catalana* (1978), la seua obra escrita queda dins el que podríem anomenar àmbit de la literatura popular, bàsicament la novel·la negra —amb *De mica en mica s'omple la pica* (1972), *Tarda, sessió contínua, 3.45* (1976), *La corona valenciana* (1982), *Sota el signe de Sagitari* (1986), entre altres— i el gènere d'aventures i fantàstic —amb la trilogia *L'Illa de les Tres Taronges* (1983), *L'Anell de Ferro* i *El Jardí de les Palmeres* (1993), la darrera de les quals li ha valgut el premi de narrativa Ramon Llull. Com a guionista ha treballat tant per al cinema, *Havanera* (1993), com per a la televisió, *Les cartes d'Hèrcules Poirot* (1979), i també per al còmic, *Tirant lo Blanc* (1990).

EL GÈNERE

La narrativa policíaca en català s'inicia el 1908 amb la traducció de la sèrie de Sherlock Holmes. Més tard, es publicaren les obres de Poe (1915-18) en versió de Carles Riba. La primera novel·la original la donaria Cèsar August Jordana amb *El collar de la Núria* (1927). També Mercè Rodoreda va fer una aportació primerenca al gènere amb *Crim* (1936). La represa en la postguerra va ser obra de Rafael Tasis, que va donar tres novel·les: *És hora de plegar*, *La Bíblia valenciana* i *Un crim al Paralelo*, aparegudes entre 1956 i 1960, però escrites abans. Manuel de Pedrolo és l'autor que en pren el relleu. Ja havia publicat *Es vessa una sang fàcil* el 1952, i el 1965 dóna una obra molt remarcable, *Joc brut*, que coneix contínues reedicions fins avui mateix. A més a més, dirigeix la primera col·lecció de novel·la negra en català, «La cua de palla», que s'inicia el 1963 i fracassa el 1969, com altres provatures semblants. Als anys setanta es produeix la consolidació del gènere, es reprèn la publicació de «La cua de palla» i apareix una llarga nòmina d'autors nous que no ha parat de créixer fins avui: Jaume Fuster, Antoni Serra, Maria Antònia Oliver, Xavier Moret, Andreu Martín, Ferran Torrent, etc...

L'OBRA

La corona valenciana, des del títol, suggereix amb *La Bíblia valenciana* una relació tan evident que només pot ser conscient i voluntària. En el paral·lelisme s'endevina l'homenatge a Rafael Tasis, podríem dir fins i tot el reconeixement d'un cert deute literari o la declaració d'una influència volguda. Això es confirma al llarg del text. Com en l'obra de Tasis, en la de Fuster el desencadenant de l'acció és un objecte antic, d'un valor fabulós, que atrau l'ambició dels diversos personatges i els empeny a una lluita tràgica per tal de posseir-lo. El procediment no era, ni de bon tros, inèdit. Ja l'havia fet servir l'any 1929 Dashiell Hammet en *El falcó maltès*, però en la intenció de Tasis el recurs de la intriga al voltant d'un objecte d'antiquari cobrava un significat clarament nacional, d'arrelament —i reivindicació— en la pròpia tradició cultural; i és aquest element que Fuster reprèn per bastir la seua novel·la. No cal dir que la procedència valenciana de l'objecte mític no és en cap dels dos casos irrellevant. Així, si en el primer autor aquesta procedència evoca el segle clàssic de la nostra cultura —aclaparadorament valencià des de Marc fins a Corella, des de Roig fins a Martorell—, en el segon es nota un gran esforç d'«actualització valenciana». Fuster no en té prou amb la suggestió històrico-cultural de la Festa d'Elx en honor de la venerable Mare de Déu local, el tresor de la qual saquegen els seus protagonistes, sinó que fa participar tot el País Valencià com a escenari de l'acció. Hi ha per tota la novel·la un evident afany de referència geogràfica i antropològica, puntualment servida per Anna, l'equívoca còmplice del protagonista, que troba manera d'informar-lo no només de les característiques dels itineraris més convenients al llarg de la tortuosa xarxa viària del sud valencià, sinó també sobre les més diverses notícies gastronòmiques, dialectals, de l'elaboració de la pansa als riu-raus, i d'altres amenitats comarcals, fins i tot en moments tensament dramàtics de l'accidentadíssima fugida. No hi falta tampoc la pinzellada realista de la València més subterràniament vital, com és el cas del furtiu als acreditats urinaris de l'estació ferroviària de València, perfectament integrada en la trama narrativa. Pel que fa a la resta, Fuster se subjecta als imperatius del gènere negre: la peripècia trepidant, el protagonista transgressor —doblement perquè ho és davant la societat com a delinqüent i davant els delinqüents com a traïdor— i dur —capaç de sobreviure a l'apallissament sistemàtic amb més resistència que no bona sort—, acompanyat d'una dona alhora angelical i maligna, recurs a l'argot, etc. Tot plegat és un assaig, i al lector correspon de dir si reeixit o no, d'adaptació de la novel·la negra a la nostra circumstància, de demostrar la validesa de les nostres referències culturals dins un gènere nou.

El protagonista de *La corona valenciana*, Enric Vidal, és un personatge heretat —i aquesta reutilització és també característica del gènere negre— d'una novel·la anterior del mateix autor: *De mica en mica s'omple la pica*. Àlex Broch diu a *Literatura catalana dels anys vuitanta*: «Si allò que fins ara caracteritzava la narrativa policíaca de Fuster, tant a *De mica en mica s'omple la pica* com en un dels eixos narratius de *Tarda, sessió contínua, 3.45*, era una inversió de les claus del gènere a favor d'un plantejament ideològic: és a dir la utilització de les formes del gènere per a plantejar un conflicte de classe representat pels interessos sindicals de la classe obrera; ara, contràriament, ens presenta l'Enric Vidal enfrontat a la seva pròpia aventura, sense conflictes ideològics, sense revoltes interiors, actuant clarament en benefici i interès propi, integrat, doncs, en la xarxa dels qui estan fora de la llei.»

L'observació de Broch és interessant, i correcta. Hi ha una desideologització del protagonista i de l'acció que és indiscutible, però que no afecta de cap manera la totalitat de *La corona valenciana*. Fuster hi va optar per una *ideologització* més subtil, fent que el país —valencià— hi esdevingués d'alguna manera protagonista. L'objectiu de tot això? Em sembla que el llibre ha tingut una destinació sobretot valenciana. Ara com ara, però, no sabem avaluar l'efecte que haja pogut tenir sobre l'inveterat autoodi dels potencials lectors. Només podem dir que, en redactar aquestes línies, el llibre va per la quinzena d'edicions, i això és una dada que no es pot obviar.

És evident que Jaume Fuster, en prendre la seua particular opció literària, va haver de vèncer moltes resistències per la banda de l'ortodòxia d'esquerra i de la pura pedanteria, dels que no veien amb bons ulls la «subliteratura» i els gèneres d'«evasió». Jaume Fuster no estava sol, apuntava un subgènere que podríem dir *negre de continguts nacionals* present també com ara a la política-ficció *d'Abans moros que catalans* o d'*El complot dels anells* i, d'una altra manera, a la sàtira de *L'any de l'embotit*, i a més a més tenia els il·lustres precedents de Rafael Tasis, a qui es remetia, i de Manuel de Pedrolo. Avui aquelles objeccions al gènere negre no les faria ja ningú. Recorde una frase de Manuel Sanchis Guarner: «No hi ha gèneres menors, sinó tons menors de tractar un gènere».

DE PONENT, NI GENT, NI VENT

A Joan Fuster, per màrfegues, en record d'uns gaspatxos manxecs menjats a prop de Monòver.

A Gaspar Jaén Urban, perquè un dia em va ensenyar a estimar les palmeres d'Elx.

U

Estava neguitós, jo. Per això, quan vaig tornar al cotxe, després de pagar el tabac i la benzina, i la vaig veure asseguda, no m'hi vaig fixar. Tenia por.

—Què hi fas, al meu cotxe?

—Em portes?

—No.

Però els de trànsit, que m'havien posat nerviós, ens miraven encurosits i no tenia gens de ganes d'organitzar-ne una de grossa. Així és que em fico al cotxe i l'engego.

—Em portes.

Era insolent. Me la vaig mirar. Els cabells li queien davant la cara i encara no li havia vist els ulls. Un cop vaig deixar els de verd enrera, amb un sospir d'alleujament, em vaig tombar cap a ella. Redéu, quin pet de cuixes! Semblava estrangera. Viquinga, diríeu. Una viquinga en un desert.

—On volies anar?

—I tu? On vas, tu?

—Amunt.

—Jo també, doncs.

De primer hauríeu dit que tenia accent valencià. Però ara ja no. Carat de mossa! Oh, i en bona hora. L'hauria de deixar tirada a qualsevol banda. Vaig oferir-li el paquet de cigarrets que acabava de comprar:

—Digues, d'on surts, tu?

—Va agafar el paquet, va treure la cel·lofana, n'extregué dos cigarrets, els encengué amb l'encenedor del cotxe i me'n va passar un. Tenia el filtre humit de saliva. Em vaig estremir.

—De ponent.

—De ponent, ni gent, ni vent, nena.

Aleshores va somriure. D'esquitllentes li vaig veure els ulls: blaus, grossos.

La carretera era buida, ara. El cotxe anava com una seda. Si no hagués estat per... bé, també feia molta calor. I aquell sol marejador que feia bullir la xapa. Els havia despistat. És clar que la bòfia és tota una altra cosa. Engeguen la màquina i actuen d'una manera tan sistemàtica que no se'ls en passa una. Hauria d'anar alerta amb els bòfies. Aquell parell de trànsit potser... Ben mirat la mossa em serviria de camuflatge. Un camuflatge agradable, a fe.

—Com te dius?

—Anna... I tu?

—Què hi fa!... Et porto, no?... Digue'm, ets valenciana?

—Potser.
—No tens accent.
—Tu tampoc. Parles de Barcelona. Ets barceloní?
—Potser.
Definitivament no era valenciana. Havia viscut prou en aquells verals per distingir l'accent de la gent del sud. Vam fumar una estona en silenci, gronxats per les irregularitats de la carretera i ensopits pel remoreig suau del cotxe. M'hauria agradat clavar l'accelerador a fons i dirigir-me a Dénia sense fer aquella volta inútil. Però m'imaginava que els galiasses del Ferrandis em buscarien, precisament, pel camí de mar. O la bòfia, és clar. Des d'on érem no sabia ben bé com anar-hi, a Dénia. Em caldria consultar un mapa. M'hauria d'aturar. M'era ben igual, el temps em sobrava pels descosits. Fins demà passat no tenia res a pelar-hi. I dos dies són molts dies, sobretot amb l'infern que s'hauria muntat. Vaig sentir un calfred i una punxada de mal a l'estómac. Les mans em suaven i una gelor sobtada em recorria l'espinada.
—No tens gana, tu? —va fer l'Anna.
—Si en tinc m'aguanto, maca.
—Bé, home, no t'enfadis.
Va apagar la llosca del cigarret al cendrer del cotxe i va manipular els botons de la ràdio. L'emissora que hi havia connectada transmetia musiqueta d'estiu. Millor. Potser encara no ho havien descobert. Els polis. Perquè els homes del patró massa que ho sabien.

Començaven a veure's algunes cases. Cases polsoses, com el camp. Una mica de vinya, d'un verd esbravat, atenuava la impressió de desert. L'estómac continuava fent-me la guitza. Era gana, a més de nervis. Potser valdria la pena aturar-me a fer un mos i mirar el mapa. No seria pas més perillós que continuar circulant per aquella carretera buida.

—Dius que tens gana?

—Ja ho crec.

—Podríem aturar-nos. Sembla que arribem a un poble.

—Novelda, la terra del safrà.

—Safrà?

—Bé, ara ja no se n'hi fa. Però aquí és on el preparen i l'envien a tot arreu.

—Ho coneixes molt bé, tot això.

—Si tu ho dius...

Efectivament, havíem entrat a Novelda. Un poblet net i endreçat que s'estirava al sol com un gat ben peixat. Les cases, clares de color, eren baixes i tenien les persianes tirades. No hi havia ningú pels carrers.

—Doncs, si ho coneixes tan bé, digues, hi ha algun restaurant, per aquí?

—Tens pressa?

—Per què?

—Sé un lloc, aquí a la vora, on es menja d'allò més bé.

—Anem-hi, doncs.

—Saps que són els gaspatxos?

—Que et penses que baixo d'Arbeca, jo?

—No, el gaspatxo andalús, no. Gaspatxos manxecs.

—No.

—Agafa la carretera que va a Monòver, ara!

Potser m'havia equivocat, deixant-la que continués el viatge. Aquella noia podria esdevenir una complicació. Es prenia confiança i ja em donava ordres. Quan estava a punt d'aturar el cotxe i de fer-la baixar, amb una excusa qualsevol, la ràdio va començar a xerrotejar. Invocaven el patriotisme, la indignació popular, el sacrilegi comès. Un representant de l'ajuntament va fer unes declaracions i va dir que la festa s'havia suspès, tanta era la ràbia que tenien. A més, el vigilant havia estat ferit greument i els metges no sabien si se'n sortiria. Vaig tancar la ràdio precipitadament. De cop i volta ens havíem convertit en els enemics públics número u del País Valencià. Si em trobaven els fòtils a sobre, les passaria negres. I si m'arreplegava el Ferrandis em faria la pell.

—Ho has sentit?

—No sóc sord.

—Hi has estat mai?

—On?

—A Elx, home!

—En vinc.

—Vull dir per la Festa.

—No.

—I com és que no t'hi has quedat?

—Tinc feina i me n'he hagut d'anar.

Aleshores em vaig adonar que feia massa preguntes. O era molt xafardera o sabia alguna cosa. Però ben mirat, no podia saber res. Havia de tranquil·litzar-me. De moment, no hi havia cap perill. Tot m'estava sortint com havia planejat. Vaig intentar desviar la conversa:

—I tu?

—Jo, què?

—Com és que no hi ets? Que potser has robat la cosa aquesta que diuen?

—Jo? Ai, Mare de Déu!... Mira, ja hem arribat a Monòver, el poble de l'Azorín.

—L'Azorín?

—L'escriptor.

—Realment ets un cas. Sembles la guia Michelin.

A l'entrada del poble, efectivament hi havia una indicació que parlava de la casa d'Azorín. Em va venir al cap una època molt desagradable i molt llunyana de la meva vida. Vaig recordar aquella aula bruta i pudenta i el professor Pérez que ens volia fer les redaccions com l'Azorín. Vaig eliminar el record amb un cop de cap i vaig preguntar a l'Anna:

—I ara què haig de fer?

—Agafa aquell camí.

M'indicava una carreterona que sortia del poble i que menava fins a un grup de cases que s'arredossaven sota un pinaret esquifit.

—Ja hi som?

—Sí. És allí.

Vaig aparcar el cotxe a l'ombra migrada dels arbrets assedegats que més que protegir-nos de la calor, semblaven atreure-la.

—Suarem la cansalada, aquí.

Però l'Anna ja no m'escoltava. Havia saltat del cotxe i s'atansava a l'edificació central. Sota els pins hi havia unes quantes taules i gent que feia xivarri. M'ho vaig mirar amb preocupació, però no semblava que hi hagués res fora de lloc. Cap dels individus que hi havia entaulats no era sospitós. Una guingueta aperduada i res més. Vaig tancar el cotxe amb clau i em vaig dirigir a la casa central. Dintre, hi feia una mica més de fresca. L'Anna parlava amb una dona grassa que s'eixugava les mans en un davantal llardós i que duia un marrec nuet aferrat a les faldilles. Parlaven com si es coneguessin de tota la vida i la dona semblava contenta de veure la noia. Quan em van veure entrar, la dona va fer-me una capadeta i s'entaforà a un catau que semblava la cuina. L'Anna em va somriure:

—Ja està! Menjarem uns bons gaspatxos, ja veuràs...

—De què parlàveu?

—De les nostres coses.

—Semblava que us coneixíeu de tota la vida...

—He vingut un parell de vegades a menjar-hi... Vols beure alguna cosa?

—Sí.

—Et va bé una cervesa?

—Gelada, però.

Com si fos la mestressa, es ficà rera el taulell que protegia una prestatgeria amb ampolles i una cafetera italiana, obrí una nevera, en tragué dues cerveses i me les mostrà:

—Fa?

—Sí dona, és igual.

Vam sortir del local, xarrupant la cervesa. En una de les taules, un grup enllestia una paella. Un dels xicots ens mirà fixament. S'aixecà de sobte i se'ns atansà, brandant els braços com un guillat.

—Anna, ei, Anna!

No em va agradar gens. Aquell paio se'n recordaria de la noia. I de mi. I potser del cotxe. Sobretot si la mossa li explicava què hi feia, allí.

—Qui és? —li vaig preguntar.

—Que no ho veus? Un amic.

—Bé, jo me'n vaig a seure.

Em vaig girar perquè el noi no em veiés la cara i vaig anar a seure a una taula buida, sota un pi xic. La cervesa m'havia excitat el mal d'estómac. Qui era aquell noi? Què volia? Per què era allí?... Semblaven molt animats. L'Anna l'havia abraçat i ara parlaven, agafant-se les mans. Ella es girà cap a mi, em va assenyalar i el noi em féu una salutació amb la mà. No m'agradava. No m'agradava gens. M'havia embolicat amb aquella desconeguda i potser n'hauria de pagar les conseqüències. En la meva situació, totes les precaucions eren poques. Em vaig acabar la cervesa i vaig encendre un cigarret.

—Me'n dónes un?

—Qui és aquest?

—Un amic, ja t'ho he dit...

—I què volia?

—Saludar-me.

—I tu què li has dit?

—Que tenia gana... i que eres un pesat.

—Ho dius de debò?

—No, home. Li he dit que eres un amic de Barcelona que estaves escrivint un llibre sobre cuina valenciana i que t'havia dut aquí per menjar gaspatxos.

—No m'agrada que em prenguis el pèl.

—Bé, home, perdona'm. No li he dit res. Què volies que li digués, si no sé ni com te dius...

—Em dic Enric. I tens raó. Sóc de Barcelona.

—I què fas aquí amb un cotxe amb matrícula d'Alacant?

La pregunta, malgrat la calor, em va deixar fred. S'havia adonat que el cotxe... Maleït siga!... Vaig improvisar una història, d'arrel autèntica. Me'n vaig sortir prou bé.

—Treballo per un peix gros de Santa Pola. Un que va fer calé llarg a l'Àfrica. El cotxe és seu. Jo li faig de xofer. La benzina m'ha agradat sempre i aquest ofici em permet conduir bones carrosses sense haver d'atracar un banc. L'amo ara fa un viatge per mar... té un iot, també..., bé, un transatlàntic, millor dit. Li duc la carretoina al Grau de València per recollir-lo i passejar-lo cap a l'interior...

—I què hi feies, a Elx, si havies d'anar cap a València?

L'havia espifiada un cop més. L'Anna s'havia adonat que la història era fula. Me n'havia de desempallegar com fos. Em buscava la policia, em buscaven els xicots del Ferrandis, tot el país trinava contra mi i jo perdia el temps, amb una noia que ni m'anava ni em venia. Vaig improvisar un cop més:

—Com que no necessita el cotxe fins dijous...

—Una escapadeta, eh? A fer turisme amb el cotxe de l'amo.

—També tinc dret a divertir-me, no et sembla?

—No, si jo ho trobo molt bé. Mentre em duguis...

—On vas?

—M'és igual. Tinc ganes de moure'm. Però m'agradaria més anar per la banda de mar...

—Doncs podríem anar a fer un capbussó a Dénia, si et sembla.

—Sí, m'agradaria... Però primer dinem.

La mestressa ens parà taula amb unes estovalles de paper. Va dur-nos una ampolla de vi i gots.

L'Anna va servir els dos gots. Va trincar amb el meu.

—Au, beu. Bon vi de la Manxa!

Allò del Grau de València, és clar, era una guatlla. Però no volia dir-li que la meua destinació final era Dénia. Si aconseguia dur-la fins allí, me'n podria desempallegar sense problemes. Es quedaria amb el cotxe i amb un pam de nas. Que s'espavilés, si la trobaven els pinxos del Ferrandis.

Més tranquil, vaig beure un glop de vi. Era un xarel·lo força bo que entrava amb suavitat. Vaig beure'n més. L'estómac havia deixat de molestar-me. De moment, estava tranquil. A qui se li acudiria venirme a buscar terra endins, enmig d'un desert, sota un pi nan, bevent vi i xerrant amb una mossa?

Ja havíem passat els taps de l'ampolla quan es presentà un minyó de pocs anys amb una plàtera d'amanida i més vi del país. L'Anna s'hi afuà com si fes una mesada que no bufés cullera. I jo, a mida que bevia i picava l'amanida, vaig sentir que em venia una gana de mestre d'escola.

—Coneixies aquesta contrada?

—No, l'amo no té tirada a venir pel desert. Diu que ja ha menjat prou sorra, durant la seva estada a cals moros.

—Au, no exageris, tu, ara. Això no és un desert.

—Què vols que et digui... Sol, pedres, pols i figueres de moro.

—I bon vi.

La mestressa ens dugué una cassola amb els gaspatxos. Era una mena de cuinat de color fosc amb un suc espès i una oloreta que hi cantaven els àngels. L'Anna va donar les gràcies a la senyora grassa i ella mateixa va escudellar els plats.

—Fa bona olor.

—Menja-t'ho calent que després no val res.

—Ets de per aquí tu?

—Per què ho dius?

—Trobo que coneixes molt bé aquesta terra. Però no parles d'aquí.

—Hi vinc sovint. M'agrada el desert, que dius tu.

El plat mereixia l'aturada. Hi havia pollastre, conill, cargols i una mena de pa d'hòsties que espesseïa la vianda. I picant com una mala cosa. Va ser oli en un llum, per al meu païdor. De sobte em vaig trobar bé, tranquil, com si no tingués cap problema al món, com si de debò fos un especialista en cuina que volia escriure un llibre sobre els plats típics del país. Ens vam acabar la segona ampolla de vi i l'Anna en va anar a buscar una altra. La gent de les taules veïnes ja se n'havia anat. Només se sentien els zumzeigs de les mosques i els lladrucs d'un gos que empaitava uns ànecs que hi havia en un bassiot artificial, en un costat de la casa. Vam menjar fins que li vam veure el cul a la cassola. Per postres, el minyó que feia de cambrer ens va portar meló. Quan preníem cafè, l'Anna em va dir:

—Escolta'm, Enric... Tinc un problema.

—Quin?

—Mira, veuràs... és que... em costa dir-t'ho... No tinc gaires diners per pagar i...

—I vas pel món amb la butxaca buida?

—Veuràs, és que...

—No et preocupis. Ja em pensava que t'hauria de convidar. No em fa res. Paga l'amo.

—M'agradaria conèixer-lo, aquest amo tan generós.

—Millor que no, noia. És un mal bitxo. Sobretot amb les mosses joves i maques com tu.

Vam encendre cigarrets i vam demanar conyac per acompanyar els cafès. L'Anna no feia pas pinta d'aprofitada, ni de garsa de carretera. Més aviat semblava una d'aquestes noies d'ara mateix que tant se'ls en dóna una cosa com l'altra. Viure al dia i prou.

—No m'espanten els mals boixos. Em preocupen més els homes com tu. No sou gent de fiar.

—Però has pujat al meu cotxe...

—Què volies que fes? Els policies de la benzinera em miraven massa. I una noia sola i sense diners ho té malament, amb la policia.

Vaig pensar que no l'havia encertada. Entre la gent que passava per aquella carretera havia anat a triar el pitjor de tots. Amb mi acabaria malament segur: o la poli, o els homes del Ferranis, o tirada a Dénia sense saber què li havia passat.

—I per això t'has estimat més un tipus que no és de fiar com jo?

—Ara penso que potser m'hauria convingut més fer-los el conte de la llagrimeta que no pas venir amb tu. Em mires d'una manera...

No sé pas de quina manera la mirava. Val a dir que hi havia de tot i molt per mirar. Duia un vestit blanc d'aquells que s'han posat de moda a Eivissa, amb farbalans i puntetes. I no duia res més. Les transparències del vestit ho asseguraven.

—I com vols que et miri?... A una noia maca només se la pot mirar d'una manera.

—Sempre comenceu igual, els homes. I allí on poseu els ulls us agradaria de posar-hi les mans.

—Això ho has dit tu.

—Però tu no dius pas que no.

—És que tens raó.

Vaig allargar la mà i li vaig tocar la galta. Ella em deixà fer. Millor dit, semblava que li agradava. Vaig fer que la meva mà rellisqués pel coll fins a l'espatlla.

—Ho veus? —em va dir amb una veu estranya.

En aquell moment, un parell de motos de trànsit feren acte de presència a la guingueta. Els motoristes deixaren els estris al costat del meu cotxe, se'l miraren com si hi busquessin alguna cosa i, finalment, es dirigiren cap al local. Em va retornar, de cop, el mal d'estómac.

—Crida la mestressa i demana què val. Hem de marxar.

Va fer un gest d'empipada, em va retirar la mà amb violència i es va aixecar d'una revolada:

—Si tu ho vols...

Vaig butxaquejar un moment, vaig treure un grapat de bitllets, li'n vaig allargar un de cinc mil pessetes i li vaig dir:

—Suposo que n'hi haurà prou. T'espero al cotxe.

Abans de ficar-me a la carretoina, a través de la porta, vaig veure com els polis parlaven amb la mestressa. L'Anna els va interrompre. La dona va treure's una llibreta de la butxaca del davantal, va fer uns números i li va dir alguna cosa a l'Anna. La noia li va allargar el bitllet de cinc mil. Els bòfies li van dir no-sé-què. L'Anna va assenyalar el cotxe. La mestressa li va tornar uns bitllets, la noia li'n donà un parell, de propina, va fer adéu amb la mà i va sortir cap on jo era.

Vaig engegar la carrossa. L'Anna obrí la porta i es va asseure al meu costat. No m'havia de posar nerviós. Calia que actués com qualsevol ciutadà que ha fet un bon dinar en companyia d'una noia jove i que ara se l'emportava a la platja. Però el peu em va relliscar damunt l'accelerador i el cotxe va patinar. Vaig corregir la maniobra i vaig sortir del pinaret massa de pressa. Pel retrovisor vaig veure els bòfies que havien sortit a la linda del local i em miraven.

—Què volien? —vaig preguntar a l'Anna. I la veu em tremolava.

—M'han preguntat on anàvem.

—I tu que els has dit?

—No res. Que tornàvem a Elx... Digues, què et passa?

—No res, no em passa res. No m'agraden els polis.

—A mi tampoc.

—Per on hem de tirar?

La carretera, darrera meu, era buida.

—Anem a Dénia?

—Sí, si vols.

—Aleshores ens convindria tornar a Elx, pujar fins a Alacant i agafar la carretera de la costa. És el camí més fàcil.

I com li deia jo, ara, que a Elx era a l'únic lloc del món que no volia tornar per cap diner?

—Que tens pressa, tu?

—No gens. Per què?

—Podríem anar per l'interior, no et sembla? Una mica més de desert no ens faria cap mal...

—Aleshores hauríem d'anar fins a Villena i després desviar-nos cap a Castalla... però faríem molta volta.

—Doncs fem-la. Així coneixem millor aquests verals.

Em sentia terriblement cansat. Com si tota la nit de tensió m'esclatés ara al cervell. El dinar m'havia caigut malament i l'úlcera se'm removia, talment com si tingués una bola de plom fos a l'estómac. Un camió s'acostava en direcció contrària, vaig arrambar-me a la cuneta per deixar-lo passar, les rodes em relliscaren amb la grava de la vora i vaig haver de frenar i girar bruscament el volant per estalviar-nos la volta de campana.

—Què et passa? —em va preguntar l'Anna, amb una punta de preocupació i d'esverament a la veu.

—Estic molt cansat... El dinar no m'ha caigut gaire bé... Haig de descansar una mica...

—Vols que condueixi jo?

—No, gràcies... Miraré d'aturar-me i dormir una mica.

Vaig arrambar el cotxe, vaig tirar el seient enrera i vaig tancar els ulls. El mal de l'úlcera se'm va anar calmant i la tremolor de les cames deixà pas a un gran relaxament. Després de tot, no havia passat res: uns polis curiosos, una noia despreocupada i un camió que m'havia tret de la carretera...

Al cap d'un segon, dormia neguitós.

DOS

Un Ferrandis deformat, més gras i més cruel, em colpejava l'estómac amb un guant de boxa. Un cop, dos, tres. Reia en silenci i se li escapava un fil de saliva que li penjava del llavi jussà. El Moro, a un costat, em mirava i també reia, amb la boca desdentegada i els ulls botits. El Mike, més prim i ossut, encara, subjectava l'Anna amb els braços darrera el cos, el vestit esquinçat i els cabells damunt la cara, com la primera vegada que l'havia vista. L'escena era muda. Només, molt lluny, se sentien les sirenes dels cotxes de la policia.

El mal que em feia el puny del Ferrandis era insuportable.

Per fora i per dins. Em feia venir basques, glopades àcides em pujaven fins a la boca, i alhora, per dins, em sentia com si una rata de claveguera, grossa i fastigosa com el Ferrandis, em rosegués els budells. Jo volia parlar, dir-li que s'aturés, que li tornaria les joies, que m'estimava més que em clavés un tret, però no podia. Tenia la boca plena d'una matèria llefiscosa com els gaspatxos que havia menjat aquell migdia. Em calia trobar les mans, usar-les per aturar els cops del Ferrandis, per esborrar-li la rialla i la crueltat dels ulls. Però les havia perdudes no sabia ben bé on. Les mans i els braços. Els peus encara els tenia, sí, però enterrats en la sorra del desert que se'm ficava per dintre de les sabates i em pessigollava els dits.

El Mike, fart de mirar el guant de boxa que em castigava l'estómac, havia començat a despullar l'Anna, arrabassant-li els parracs que encara duia al damunt. Ella no es movia, com si les mans tacades de l'home que li anava traient la roba i que li masegaven la carn, li agradessin. De sobte va fer un gest, els cabells se li enretiraren de la cara i em vaig adonar que no era l'Anna, sinó la meva germana Júlia, morta feia més de deu anys. Tenia els ulls blancs i els llavis esblaimats. Un cuc transparent se li passejava per la galta. Jo sabia que em cridava en silenci, però no podia moure'm, no aconseguia de recordar on havia deixat els braços, les mans que em calien per aturar els cops del guant de boxa que usava el Ferrandis.

I l'estómac cada cop em feia més mal. Ara tot jo era estómac. I el cuiro del guant em colpejava els ulls, la barbeta, el pit, el ventre, el sexe.

Les sirenes de la policia augmentaven de volum, però ni el Moro, ni el Mike, ni l'Anna, ni el Ferrandis en feien cas. Vaig pensar que només era jo qui les sentia. L'Anna, que tenia la cara de la Júlia morta, es deixà caure a terra. El Mike se li va abraonar. Darrera d'ells, ara que ho podia veure, hi havia una moto de guripa. Tot i que no hi havia motorista, la moto tenia el motor engegat, i el far encès. La llum m'enfocava els ulls i era com els cops del Ferrandis: dolorosa i punyent. Se m'omplien els ulls de llàgrimes, però no tenia mans per eixugar-me'ls. Ara recordava on les havia deixades: damunt del volant del cotxe de l'amo, a la carretera de Monòver a Villena, l'endemà del robatori. Hauria de tornar a recollir-les. Em calien, primer per a aturar els cops del guant de boxa, després per fregar-me els ulls que em coïen a causa del far de la moto del guripa. Vaig fer un esforç. El cotxe de l'amo. Un Austin blanc. El volant. El tacte del volant. La situació del volant. La nit del foc, pels voltants de l'església. Palmeres d'Elx, palmeres cremades, llums de la Festa. Tota la nit. Tota la nit, no. «Mitja hora» em deia en silenci el rostre de la Júlia, morta de feia deu anys. Mitja hora pels carrers buits de la ciutat, a trenc d'alba, després del foc. Mitja hora a l'aguait de vianants, festers de darrera hora, policies, del Moro i del Mike que sortirien d'un moment a l'altre. Després la carretera. El xalet de Santa Pola. La lluor de l'alba. El canvi de bosses. I l'agror dels gaspatxos enganxada al coll. I el mal d'estómac. Però, sobretot, la llum del far de la moto sense motorista que em foradava la nineta dels ulls, se'm clavava al cervell i me'l feia esclatar en mil bocins. Si l'Anna em pogués ajudar... Però l'Anna amb cara de Júlia morta feia l'amor amb el Mike, estirada damunt la catifa de la sala del xalet que era com l'arena del desert, sense pinarets, ni guinguetes, ni vi de la Manxa ni gaspatxos picants. L'església i el silenci. I les petjades del Moro i del Mike que ressonaven en la ciutat deserta, calorosa, festera. El mal d'estómac era definitiu. Només la Júlia, amb cos d'Anna, amb el vestit esquinçat de l'Anna, amb la veu silenciosa de l'Anna, només la Júlia, morta feia deu anys, em podia ajudar...

—Anna!

Vaig sentir el nom abans d'obrir els ulls. Era la meva veu. Tenia la boca pastosa i la llengua de cotó fluix. I el maleït sol d'agost que em cremava les parpelles. Vaig obrir els ulls, definitivament, i vaig esbandir el malson.

L'estómac em cremava.

—Anna! —vaig repetir, ara ja conscient del tot. Només vaig obtenir el silenci per resposta. Em vaig incorporar d'un bot. Em vaig clavar el volant al pit—. Merda...! Anna, on t'has fotut?

El seient de la meva dreta era buit. Vaig alçar el meu, vaig obrir la porta i vaig sortir del cotxe. La noia s'havia volatilitzat com el malson. Però ella havia estat real. La mala digestió dels gaspatxos i una lleu olor del seu cos que m'impregnava n'eren una prova indiscutible.

La carretera continuava buida. I el sol havia fet un bocí de camí, però encara era alt. Se'm va acudir de sobte. Vaig córrer a la part del darrera de la carretoina. Les claus que jo havia deixat posades al contacte del tablier ara penjaven del pany del porta-equipatges. El vaig obrir. Les bosses havien volat. Com l'Anna. Em vaig maleir els ossos. M'estava bé, per imbècil! Vaig clavar una puntada de peu a la roda esquerra de darrera, però de seguida em vaig adonar que la ràbia era inútil. Havia perdut. Una desconeguda m'havia fet escac i mat. Vaig agafar les claus, vaig tornar al seient del conductor, vaig fer funcionar el contacte i vaig prémer el botó de la ràdio i l'encenedor automàtic. Em calia reflexionar. Potser encara ho podia solucionar. Vaig consultar el rellotge. Havia dormit una hora escassa. Vaig encendre un cigarret, vaig seleccionar un programa de música clàssica i vaig desplegar el mapa de carreteres.

Amb una hora d'avantatge, l'Anna podia haver arribat a Alacant i agafat un tren, o bé traslladar-se a l'aeroport d'Elx-Alacant i ara ja volaria camí de qualsevol ciutat peninsular o europea. Si és que tenia diners per fer-ho. Si tot el seu comportament d'abans no havia estat una farsa, si la nostra trobada havia estat realment casual i fins més tard la noia no havia sospitat res, aleshores no tenia diners i no s'havia allunyat d'aquells verals. Calia treballar a partir d'una hipòtesi i aquella era tan bona com qualsevol altra: l'Anna no tenia diners. La nostra trobada era casual. El meu comportament l'havia sorpresa i encuriosida i havia aprofitat l'avinentesa de la meva becaina per examinar el cotxe. Havia trobat les bosses i les havia robades. Com havia fugit, però? A peu? En auto-stop? La darrera possibilitat em semblava més plausible. Segons el mapa, la població més important que hi havia davant meu era Villena. Abans, però, hi havia la intersecció de la carretera de Saix a Onil... Miraria per allí, vejam si trobava algun indici: una mossa com ella, carregada amb dues bosses, no passa desapercebuda fàcilment. Sobretot en uns paratges tan deserts com aquells.

Vaig apagar el cigarret i vaig posar en marxa la carrossa. Encara tenia aquell dolor a la boca de l'estómac i un pes estrany a les espatlles, com si hi dugués jo sol tots els problemes del món. Que els hi duia, a fe de Déu!

***

A la cruïlla hi havia una benzinera. I a la benzinera, recolzada en un dels pilars, l'Anna. Vaig reduir la marxa del cotxe, vaig tancar la ràdio i vaig sospirar. La bona sort tornava a ser al meu costat. Mentre m'atansava a la benzinera, vaig examinar els encontorns. Hi havia dos cotxes atrotinats, amb matrícula d'Alacant, plens de pols, aparcats al costat de l'edifici principal, rera les bombes de benzina. A la porta de l'edifici, oberta de bat a bat, hi havia un xicot amb la granota blanca dels treballadors del ram. Dintre hi havia un altre individu que feia alguna cosa amb unes llaunes d'oli. No es veia ningú més.

La noia no s'havia fixat en el meu cotxe, encara. Tenia les dues bosses als peus i feia posat d'estar empipada, com si li hagués sortit algun contratemps.

Vaig fer funcionar l'intermitent i vaig entrar a l'àrea de servei. El xicot de la granota blanca, en veure'm, s'apropà a les bombes. Vaig passar de llarg, em vaig aturar davant l'Anna, vaig saltar del cotxe i vaig agafar les dues bosses.

—Hola... Et recordes, de mi?... Au, puja sense fer soroll i anem-nos-en. Tu i jo hem de tenir una llarga conversa.

No va demostrar cap mena de sorpresa. Em va mirar un moment, va insinuar una rialla i va pujar al cotxe. Vaig obrir el portaequipatge, vaig deixar-hi les dues bosses, el vaig tancar amb clau, vaig tornar al seient del conductor i vaig posar el cotxe en marxa altre cop. Vaig sortir de l'àrea de servei amb tota suavitat, fent adéu amb la mà al de la granota. No volia que em recordés.

—I bé? —vaig dir, sense mirar-la.

—Anem a remullar-nos a Dénia, Enric?

Em va fer gràcia, la seva sortida. La veritat és que estava content. Com si el mal se m'hagués aturat de cop i no existissin ni el Ferranis ni la bòfia.

—Et pensaves que te'n sortiries, maca?

—No es pot dir que no ho hagués intentat, xicot. Si aquell parell no haguessin fet córrer més els dits que la vista, no m'hauries trobat amb tanta facilitat... Digues... Ho has fet tu?

—A tu què et sembla?

—A mi no em sembla res. Ho tens i prou. Fa una estona ho tenia jo...

Per més que ho intentava, no aconseguia enfadarme amb ella. A més, altres problemes tenia. Per exemple, la parella de motoristes que s'estaven palplantats a dos quilòmetres de la benzinera, de la banda de la serra, talment com si m'esperessin.

—Maleït sigui!

—Què hi ha?

—Mi-te'ls!

Vaig reduir instintivament la velocitat del cotxe. Davant meu, gairebé al final de la recta per on circulàvem, hi havia una furgoneta. Per l'altra banda no venia ningú. Vaig ullar el retrovisor: ningú tampoc per darrera, ni en una direcció ni en l'altra.

—No et preocupis... Deuen ser els de la ronda... No són pas els mateixos de Monòver...

Vam passar per davant d'ells, sense que fessin cap gest. Semblava com si no em veiessin. Vaig accelerar una mica, sense adonar-me'n.

—No corris, podrien sospitar alguna cosa...

Vaig aixecar el peu de l'accelerador i vaig continuar a pas de cargol. L'Anna no s'havia posat gens nerviosa. Més aviat semblava divertir-s'hi. I ara no hi valien excuses: sabia què duia a les bosses. Va agafar el tabac que hi havia al tablier i va encendre dos cigarrets. Un cop em va haver posat el meu a la boca, em va preguntar:

—Vas de debò a València?

—No. Em quedo a Dénia.

—És perillós. A Dénia encara et buscaran, suposo que hi haurà controls a tota la carretera de la costa. N'has fet una de grossa, saps?, Enric...

—És el meu problema.

—I el meu.

—Per què, el teu?

—Perquè vinc amb tu... No te n'has adonat? La meva obligació de bona ciutadana és denunciar-te a la policia... Ho he fet? Doncs...

—No només no ho has fet, sinó que has intentat quedar-te amb les bosses...

—Ha estat un mal pensament...

—I qui m'assegura que no et tornarà, aquest mal pensament?

—Això no t'ho pot assegurar ningú... —la vaig mirar i em va somriure—. Alerta amb la carretera! —després va prosseguir—. Tens dues possibilitats, Enric. Una, deixar-me i córrer el risc que parli amb els policies. Dues, dur-me amb tu i córrer el risc que torni a tenir mals pensaments...

Vaig aturar el cotxe en sec i després, amb un gir brusc del volant, el vaig avorar. Vaig desconnectar el motor i em vaig guardar la clau. Sense malícia, com aquell que acompleix un deure, li vaig clavar un màstec que li féu anar el cap a banda i banda.

—I tres, nena, puc fer-te això!

S'enretirà els cabells de la cara. Malgrat que els ulls li espurnejaven, somreia. Es va tocar la galta amb els dits. I molt lentament em va dir:

—No ho havies d'haver fet, això, Enric...

—Et penses que tot plegat és un joc. I t'equivoques, noia. En el meu món, els jocs es van acabar fa molts anys. Les coses són de debò, ara. Estic cansat, em fa mal l'estómac i no sé ben bé què faig. Si vols jugar, vés-te'n amb els teus amics.

Vaig tornar a colpejar-la. No va intentar defensarse, tot i que va veure venir el cop.

—Vull venir amb tu.

—M'empaita la bòfia, maca, i si m'enxampen, m'hi jugo uns quants anys de garjola. Però això no és el pitjor. Els meus... diguem-ne... ex-companys, també em busquen. I ells no s'estan per brocs. Si em troben, em faran la pell... Conec els seus sistemes... O sigui que.

—Vull venir amb tu.

—A canvi de què?

—A canvi de no res. Moure'm una mica, potser. No tinc diners, però et podré ajudar, suposo.

La vaig mirar fixament. L'espurneig dels ulls se li havia tornat llàgrimes que li regalimaven galtes avall. Vaig oferir-li el meu mocador. Va fer que no amb el cap i es va netejar els ulls amb les mans.

—Ho sento.

—No ho havies de fer, Enric.

—Ja t'he dit que ho sento.

Vaig posar el cotxe en marxa, novament.

—On anem?

—A Dénia. Dijous em vindran a buscar. Haig

de mirar d'aguantar fins dijous. Em pots ajudar, si vols. Un cop a Villena, digues, cap on haig d'anar?

—Com més volta fem, millor. La carretera de la costa és la més perillosa... Arribem-nos a Alcoi. És una ciutat prou gran i allí podríem mirar de passar la nit. Has de descansar...

Havia de descansar, sí. El pes que sentia a les espatlles i les punyides a l'estómac m'ho deien ben clar: feia vint hores que no dormia, descomptant el malson del cotxe i ara ja era clar que l'úlcera se m'havia activat de bell nou. Els gaspatxos de Monòver i les tensions del viatge no n'eren alienes.

Arribàvem a Villena, després de creuar el riu Vinalopó. El paisatge canviava lleugerament i les clapes de verd augmentaven. Un cop a la ciutat —senyorívola, castellana, buida—, vaig desviar-me de la carretera en cerca d'una farmàcia. Vaig aparcar davant d'una botiga i li vaig donar diners i instruccions a l'Anna.

Mentre esperava que la noia tornés —aquest cop sense trampes—, vaig mirar el mapa de carreteres: tenia diverses possibilitats per arribar a Alcoi. O bé podia seguir una carretera més important en direcció a Bocairent i fer canvi a la cruïlla de Banyeres de Mariola, o bé podia perdre'm per carreteres secundàries de la serra de Fontanella i passar per Biar, fins a sortir a la carretera de Xixona a Alcoi. Vaig decidir que aquesta segona probabilitat era la millor. De fet, donava voltes i més voltes, sense allunyar-me massa d'Elx, el meu punt de partida i l'inici del malson. A hores d'ara la policia suposaria que els lladres ja devien ser fora del territori valencià. La meva preocupació eren els homes del Ferrandis: ells no desistirien fàcilment. Si no m'havien trobat per les carreteres de la costa, em buscarien per les de l'interior. Mentalment vaig repassar allò que havia hagut de deixar a la meva cambra. Tot assenyalava Barcelona, la meva ciutat i el meu lloc habitual d'operacions. El Ferrandis coneixia la meva vinculació amb en Romagosa i amb el «Billy's». De fet, havia estat en Romagosa qui m'havia recomanat: el tenia ben enxampat, el Romagosa, d'ençà de feia deu anys, quan l'afer del tràfic de divises. Estava convençut que en aquells moments, algú removia cel i terra a Barcelona buscant-m'hi. Un altre punt que controlarien, això era ben segur, eren l'aeroport d'Alacant-Elx i les estacions de tren i d'autobusos. El fet que el cotxe de l'amo no hagués aparegut, encara, els faria sospitar que el tenia jo. Per això vaig decidir perdre'm per les carreterones secundàries de la serra. I així li ho vaig dir a l'Anna quan va ficar-se al cotxe, amb un paquet a la mà.

—T'he dut, també, aigua mineral.

Vaig prendre una pastilla d'Antrenyl i dues de Gelodrox, amb una mica d'aigua.

—Anem —vaig dir-li—. Com més temps estarem parats, més fàcils de localitzar serem!

Vaig posar el cotxe en marxa i vam sortir de Villena per la carretera de Biar. Vam creuar un cop més el riu Vinalopó i ens endinsàrem per terreny muntanyós. La vegetació era escassa i cremada pel sol. Feia molta calor i amb prou feines passaven cotxes, només algunes furgonetes de pagesos, que venien dels horts, i algun camió de transport local. Biar era un poble petit amb un castellàs que el dominava.

—Biar —va dir l'Anna—, la frontera de l'antic regne de València.

—Deixa't estar d'històries i posa la ràdio, vull veure si hi ha més notícies del robatori...

—Que potser penses que ja els han trobat, els lladres? —va dir, rient.

No tenia gens de ganes de riure, jo. Però les emissores locals no deien res. Va fer girar el dia, fins que va deixar connectada una emissora que retransmetia música clàssica.

Mozart em tranquil·litzà. El paisatge havia canviat. Camí d'Ibi, segons els rètols, passàvem per un port —l'Anna s'apressà a comunicar-me que era el port de Biar— i l'aire s'alleugerí una mica, esbandint la xafogor que havíem patit tot el dia.

Vaig apujar el vidre de la finestrella de la meva banda i em vaig immergir en la música. L'hora tardana, el concert i els medicaments contra l'úlcera que havia pres a Villena m'ajudaren a relaxar-me.

L'Anna també semblava subjecta als beneficis de la música. No es movia inquieta, ni assenyalava les fites del paisatge, ni em parlava constantment. Havia encès un cigarret i recolzava el cap al seient, immòbil.

La circulació continuava sent gairebé nul·la, per tant, tot i les dificultats del port i l'estretor de la carreterona, no em calia fer gaire atenció a la conducció.

Intentava comprendre què passava pel cap de la noia. No sabia d'on havia sortit, ni qui era, ni què feia. De tant en tant me la mirava, però ni el seu posat, ni la seva presència m'aclarien els dubtes. Havia aparegut al desert i se m'havia enganxat, de primer com una aprofitada que em volgués treure un dinar i transport gratis. Després, quan havia volat amb les bosses, se m'havia aparegut com una persona perillosa, de decisions ràpides i sense escrúpols. Ara sentia l'atracció del seu cos i una mena de lligam que no podia definir i que em vinculava a ella, definitivament. Tot allò que ens estava passant, semblava com si fos un joc, per a ella. Una diversió d'estiu que s'acabaria amb les vacances amb el retorn a una normalitat monòtona. Però no podia imaginar-me-la de protagonista d'aquesta mena de realitat: secretària d'unes oficines, venedora d'uns grans magatzems, mestra d'una escola o estudiant d'una universitat. Tota ella respirava una mena d'animalitat primària, en la qual només hi cabia l'acció immediata, les necessitats peremptòries.

El concert va acabar i un locutor saberut va començar a donar-nos explicacions sobre l'època de Mozart i les influències que havia rebut. Vaig desconnectar la ràdio i vaig preguntar a la noia:

—Digues, d'on ets, tu?

—Ja t'ho he dit abans... De Barcelona.

—Hi vius, encara?

—No. Darrerament he viscut a la Vila Joiosa... Bé, una temporada... Passat l'estiu pensava anar-me'n a l'estranger, si és que aconsegueixo reunir els diners necessaris...

—Què fas?

—Com vols dir?

—Per viure... A què et dediques?

—Oh!... Una mica de tot... Ara t'acompanyo, per exemple. I tu? Suposo que a part de robar esglésies tens una altra feina, oi?

—Condueixo cotxes.

—Així la història del *pied-noir* era certa?

—Com t'ho diria?... Sí, sí. Darrerament he treballat per a un *pied-noir*.

—És ell, qui et busca?

—Sí.

No valia la pena mentir més. Estàvem embarcats en la mateixa història i era millor que en conegués els detalls. El Ferrandis no s'aturaria pel fet que era una dona. Vaig prendre una decisió. I vaig continuar:

—Dijous, a les dotze, al port de Dénia hi haurà una llanxa ràpida, amb matrícula d'Eivissa. Es diu *Falaguera* i tindrà un únic tripulant, un eivissenc anomenat Bernat. Si em passés alguna cosa i tu poguessis arribar a Dénia amb les bosses... bé, posa-t'hi en contacte. Ell sap el que ha de fer. Pensa que hi ha molts diners en joc i no et deixis estafar...

—Una llanxa ràpida anomenada *Falaguera* i un eivissenc que es diu Bernat... Així, anem a Eivissa?

No vaig contestar. No volia que sabés res més, de moment.

Entràvem a Ibi quan el sol anava a jóc. Era un poble com els altres, allargat i una mica més modern, potser, amb alguns edificis alts que el desfiguraven.

—Ibi, aquí es fan joguines. Gairebé tot el que se sol comprar per Reis és fet aquí... —va comentar l'Anna.

—Com és que sempre ho saps tot?

—M'hi fixo.

Vam creuar el poble sense que passés res d'anormal. Hi havia molta gent al carrer que prenia la fresca i que passejava desenfeinada. L'endemà era festa grossa i la vigília es notava, tant pels vestits estiuencs, com pels grups de joves que semblaven festejar, que omplien les terrasses dels bars i que s'arraïmaven davant d'un parell de discoteques que vam veure.

A la sortida del poble, a les cases que formaven una mena de raval de nous rics, hi havia una altra parella de motoristes de trànsit. S'estaven drets, al costat de les motos, mirant la circulació, que era més intensa. Els vam sobrepassar sense cap problema. Uns quants metres més endavant, però, pel retrovisor, em vaig fixar que s'enfilaven a les motos, les posaven en marxa i ens seguien.

—Sense fer cap gest fora del normal, gira't i mira... Aquest parell sembla que ens segueixen.

No podia mirar massa seguit pel retrovisor perquè hi havia molts cotxes, vianants, motos i nens que jugaven i podia ser perillós. De cua d'ull vaig veure que l'Anna obeïa les meves instruccions.

—Vols dir?

—Ja és casualitat que se'ls hagi ocorregut posar-se en moviment quan nosaltres hem passat, no et sembla?... El que m'estranya és que mantinguin la distància i que no facin res per tal d'aconseguir-nos...

Tot i que estava temptat d'accelerar, vaig mantenir la velocitat constant. Les cases del raval minvaven i la circulació s'havia aclarit. Vaig deixar enrera un senyal de límit de velocitat i aleshores vaig pitjar l'accelerador a fons. La carrossa va fer un salt endavant. El motor va grinyolar i l'agulla del comptaquilòmetres va passar dels cinquanta als setanta i després als noranta. L'Anna havia abaixat un dels para-sols i enfocava el mirallet.

—Han accelerat, també.

Davant meu hi havia un camió. Tenia ratlla contínua però la visibilitat era prou bona: vaig posar l'intermitent i el vaig avançar, sense reduir gas. Ara tenia la carretera lliure. Vaig accelerar una mica més.

L'agulla va pujar a cent, després a cent deu i es va estabilitzar a cent vint.

—Fan llums, Enric! Volen que t'aturis!

Em vaig maleir els ossos... El fet d'haver avançat un vehicle amb ratlla contínua podia ser la causa que m'empaitessin... Al cap i a la fi, fins aleshores s'havien limitat a mantenir la distància. El millor que podia fer era intentar despistar-los.

—Agafa el mapa, Anna, i mira on som exactament... Si no vaig errat aviat vindrà la carretera de Xixona a Alcoi...

L'Anna ho va fer amb dificultats. El cotxe botava com un cavall, perquè el terra no era gaire bo. Tot i que hi havia pocs revolts, cada cop que n'agafava un havia de reduir i la distància amb els motoristes s'escurçava.

—Segons el mapa, entre Ibi i la trenca hi ha vuit quilòmetres... En devem haver fet quatre... Què pretens?

—Mirar de despistar-los abans d'arribar a la trenca... Aquestes motos duen ràdio i si s'adonen que vaig a Alcoi avisaran els seus companys i s'haurà acabat el bròquil...

Les mans em suaven i el volant em sacsejava els braços. Havia de fer esforços per mantenir la direcció del vehicle. A la sortida d'un revolt vaig veure a cinc-cents metres davant meu un tractor amb remolc, carregat de fenc. Vaig accelerar encara més. Semblava que el tractor avancés en sentit contrari. Sense tenir temps d'adonar-me'n hi vam ser al damunt. Vaig sortir a l'esquerra i el vaig avançar sense deixar de tocar el clàxon. Pel sentit contrari avançava un utilitari de color fosc. Vam passar de miracle. Hauria bastat un refrec per fer-me perdre la direcció i estavellar el cotxe contra l'altre. Sense fer cas de les pitades del pobre conductor sorprès per la meva maniobra, vaig accelerar encara més. Vaig mirar pel retrovisor. El tractor s'allunyava. Els motoristes segurament havien hagut de reduir la velocitat perquè no se'ls veia. Només necessitava una mica de sort! i la vaig tenir. A la dreta hi havia un camí de terra que s'endinsava pels camps, cap a la muntanya. Vaig frenar, vaig reduir a tercera i vaig entrar al camí. Les rodes de darrera em van patinar, la grava em va colpejar els baixos de la carretoina, durant uns moments vaig perdre el control, però finalment vaig redreçar el cotxe. Camp a través, a poca velocitat, vaig amagar-me rera unes alzines. El lloc tenia un inconvenient: no em veien de la carretera estant, però jo tampoc no veia la carretera. I per tant, no podia saber si l'estratagema hauria resultat i si els motoristes passarien de llarg.

—I ara què fem? —va preguntar l'Anna amb la veu trencada.

—Esperar. Si ens han vist ficar-nos aquí, bona nit, violes!

Els minuts no acabaven de passar mai. Vaig mirar el rellotge una vegada, dues, cent. Ni senyals de la bòfia. De moment els havia despistat... però... I el cotxe?

L'Anna em va endevinar el pensament:

—Els has enganyat, però el cotxe està cremat, Enric!

—Sí. Ara tota la policia dels encontorns buscarà un Austin blanc, matrícula d'Alacant... L'haurem de deixar.

—Aquí?

—Sí.

—I com arribarem a Alcoi?

—Ja ho veurem, noia. Ajuda'm!

Vaig baixar de la carretoina. Més enllà de les alzines, hi havia un camp abandonat, que ja s'enfilava pendissos amunt.

—Què vols fer?

—Dur el cotxe fins allí i amagar-lo rera aquells penyals. Com més triguin a trobar-lo, millor!

Vaig pujar al cotxe i el vaig engegar. L'Anna, davant, m'anava indicant les dificultats del terreny. Un parell de vegades vaig estar a punt de quedar embarrancat en un sorral. Finalment, però, vaig poder menar-lo fins als penyals. El vaig entaforar com vaig poder, vaig tancar el contacte i vaig baixar. Vaig agafar les bosses del portaequipatge i vaig dir a la noia, que em mirava preocupada:

—Som-hi!

TRES

Havia estat un viatge difícil. O, millor dit, pesat. Sort que ara la pesantor aquella s'escolava amb l'aigua calenta de la dutxa. Vaig amollar l'aigua freda i el contrast em vivificà.

A la cruïlla de les carreteres, allí on desembocava la que havíem seguit fins llavors, hi vam passar una bona estona. Hi havia una mica de claror a la banda de ponent i l'aire s'havia enfredorit. Rodolava pel Port de la Carrasqueta i ens queia al damunt, com un alè de vida. L'Anna no semblava preocupada. Això d'esperar a la carretera que una ànima pietosa la recollís, formava part de la seva experiència habitual. El problema era que no hi havia cap ànima a la vista. Lentament, la llum de ponent es fongué i aparegueren les estrelles.

Vaig tancar l'aixeta, vaig deixar que les restes de l'aigua freda em regalimessin cos avall, vaig agafar la tovallola de bany i em vaig friccionar tot el cos. El relaxament va dur-me la fatiga i la fatiga arrossegava la son. Havíem fet un mos al bar de l'hotel i m'havia pres més pastilles contra el mal d'estómac.

Ni rastre dels motoristes... Com a mínim, això era una sort. Tard o d'hora passaria algú. I, en darrer cas, caminaríem fins a Alcoi. Només faltaven deu o dotze quilòmetres per arribar-hi.

Em vaig embolicar amb la tovallola de bany. Em vaig mirar al mirall. Feia mala cara. Vaig agafar el tub de sabó, me'n vaig posar una mica a la cara i em vaig afaitar sense gaire cura. Després em vaig netejar les dents. Normalment, després d'un dia llarg, aquestes operacions higièniques em produïen una mena d'alegria, una sensació de començar de nou. Avui, però, només van servir perquè em fes una encetada al coll i perquè em quedés un mal gust de boca.

Finalment havíem vist aparèixer una furgoneta desballestada. Vam fer-li senyals desesperats i es va aturar. Era un transportista que viatjava de Xixona a Alcoi, la seva ciutat. Xerraire i simpaticot, l'home es va empassar sense dificultats la guatlla de l'accident. Ens va carregar, l'Anna al seient del costat del conductor, i jo, amb les dues bosses, al darrera, entre sacs de patates, i ens va donar conversa fins a Alcoi. Ell mateix ens va suggerir un hotel i ens va donar l'adreça d'un mecànic que tenia una grua que podria remolcar el nostre vehicle i adobar-lo. L'hotel havia estat la prova de foc. Si hi havia una ordre de crida i cerca, tant a nom meu, com amb la descripció d'un home i una dona, vistos a la carretera d'Ibi, en un Austin blanc, el més probable seria que el recepcionista de l'hotel en sabés alguna cosa.

M'hi vaig acostar amb precaució. L'Anna, seguint les meves instruccions, s'havia quedat a la porta, amb les dues bosses. Vam parlar en català.

—Bona nit —vaig dir polidament.

—Bona nit —em va respondre el recepcionista, alçant el cap de la revista de pit i cuixa que mirava.

—Voldria una habitació.

—Per una sola nit?

—Sí. Amb bany.

—De matrimoni?

—Sí —vaig dir, mirant de reüll l'Anna.

—Són quatre mil cinc-centes pessetes.

Vaig oferir-li cinc bitllets de mil.

—El carnet d'identitat, per favor?

L'hi vaig lliurar.

—Firmi aquí.

Vaig firmar.

—La dues-centes deu.

—Demà ens podrien cridar a les set?

Ho va apuntar. I es va oblidar de mi. Com que el bar de l'hotel encara era obert, abans de pujar a la cambra, vam entrar-hi i vam menjar un entrepà. Mentre bevia la cervesa que havia demanat, em vaig adonar que les mans em tremolaven.

Amb la tovallola al voltant de la cintura, vaig sortir del bany. L'Anna havia obert les bosses. N'havia tret la mica de roba meva que tapava les joies i se les mirava embadalida. Vaig precipitar-me cap a ella, la vaig enretirar d'una empenta i vaig entaforar de qualsevol manera la meva roba. Mentre feia córrer la cremallera, li vaig etzibar:

—No toquis les bosses! Mai. Em sents?

Es va encongir d'espatlles i es va ficar al bany sense dir-me res.

Em vaig estirar damunt del llit. Vaig encendre un cigarret i vaig tancar els ulls, prement fort les parpelles. Com l'aigua abans, ara el cansament em regalimava per tots els músculs i esdevenia una punyida al cap. Hi havia una cosa que em preocupava: el no haver tingut notícies del Ferrandis. Notícies desagradables, és clar. El feia més intel·ligent i m'havia imaginat que, un cop vist que no anava per la carretera de la costa i que no havia agafat cap avió ni cap tren, m'haurien buscat per les careterones de l'interior. Quants homes podia mobilitzar? En primer lloc, el Moro i el Mike, els seus factòtums. Però també tota la trepa del casino i els vigilants de les sales de festes. Una dotzena, potser. Em calia imaginar-me, què pensava el Ferrandis. M'havia de col·locar al seu lloc i pensar en mi com en un estrany. Aleshores podria preveure els seus moviments, en funció d'allò que ell pensés de mi. És clar que jo tenia un atot que ell ignorava: Dénia. En el meu cas, tot assenyalava Barcelona. Em calia forçar la mà en aquest sentit.

Sentia l'aigua de la dutxa. L'Anna no em molestaria durant una estona. Vaig despenjar el telèfon interior. Vaig haver de prémer l'interruptor de l'aparell una estona. Finalment vaig sentir la veu del recepcionista nocturn.

—Sí?

—Vull parlar amb Barcelona.

—Quin número, per favor?

L'hi vaig dir.

Una estona després, no gaire, vaig sentir el senyal de trucada. La veu d'en Martí em va espetegar a l'orella com un tret.

—Digui'm!

—Martí?

—Sóc jo. Qui parla?

—Vidal. Enric Vidal.

—Enric!... Des d'on em truques?

—De Barcelona.

—T'has ficat en un bon embolic, a fe de Déu!

—M'has d'ajudar, Martí.

—No sé si...

—Escolta'm. Demà a primera hora et vull veure. Sol. Digues on.

—Al despatx.

—No. Busca un lloc neutral.

—El «Billy's»? Al matí no hi ha ningú.

—El «Billy's» està cremat, Martí. M'estimo més un lloc públic. Mira, a les deu t'esperaré al magatzem. Ja hauran obert, oi?

—Sí, sí... a les deu, dius? —la veu semblava dubtar—. Enric... Encara hi ets a temps. En Romagosa ja ho sap tot. Aquesta tarda ha xerrat amb en Ferrandis. Si encara tens les joies, podem mirar de parlar amb ell i que et deixi tranquil. Un cotxe i uns quants diners. I la seguretat que s'oblida de tu. Què et sembla?

—No em sembla res, Martí. Demà a les deu, al magatzem. Porta cinquanta mil pessetes. No cal que et recordi que me les deus, oi?

Vaig penjar. Em suava el palmell de la mà però em sentia satisfet. Coneixia prou bé en Martí. Ja devia estar marcant el número d'en Romagosa. I en

Romagosa li diria que ho deixés estar, que no hi pensés més i que l'endemà no acudís a la cita. Després trucaria al Ferrandis. I l'endemà, al magatzem, hi hauria una xarxa parada. Però els pinxos del Ferrandis es quedarien amb un pam de nas. Aquell estratagema em donava unes quantes hores de llibertat. Potser fins l'arribada de la llanxa. Em vaig estirar de nou damunt el llit, vaig encendre un altre cigarret i vaig fumar amb els ulls tancats. La dutxa s'havia aturat. L'Anna apareixeria d'un moment a l'altre. Vaig pensar en la noia, en la seva curiositat, però la imminència de l'aparició del seu cos em va esborrar qualsevol altre pensament.

De sobte, una sensació fresca i agradable em va recórrer el cos. Començava al pit, prosseguia pel ventre, em desnuava la tovallola i em resseguia les cuixes. El contacte fresc dels capcirons dels dits de la noia va deixar pas a la humitat càlida dels seus llavis. Vaig sentir que em prenia el cigarret dels dits i després em besava els ulls, les galtes, la boca.

El seu cos, encara humit de la dutxa, va substituir els llavis. I aleshores, quan estava a punt d'obrir els ulls, d'abandonar la passivitat i d'abraçar-la, la porta de la cambra va saltar esbotzada.

Em vaig aixecar d'una revolada. Però era ben inútil. El Moro i el Mike ja eren dintre. Amb les pistoles al puny i un reflex de mort als ulls. I jo, ben nu, me'ls mirava, massa sorprès, massa espantat per a dir res. M'havia colpejat el turmell amb la pota del llit, però no gosava moure'm per tocar-me el cop.

L'Anna s'aixecà lentament. Se la veia sorpresa, també, i una mica avergonyida. Es tapava els pits amb el braç dret i amb la mà esquerra es cobria el sexe.

—Ja veig que estàs bé, Enric... —va dir, amb sorneguería, el Moro.

—Molt bé, xiquet... Aquest Enric sempre té sort —va comentar el Mike, sense treure els ulls de damunt l'Anna.

—Ens ha donat molta feina —va prosseguir el Moro—. L'amo estarà content. Vol veure't.

El Mike s'apropà a les bosses i les va sospesar. Va córrer la cremallera, va treure la roba i va mirar el contingut. Després les va abocar damunt el llit. Les joies van lluir sota la llum. Vaig adonar-me que els ulls del Moro havien deixat de vigilar-me, atret per la lluïssor de les pedres precioses. Era la meva única oportunitat. Vaig saltar-li al damunt. Amb la mà dreta vaig empènyer la pistola cap al sostre, mentre amb l'esquerra li colpejava la cara. Havia estat massa lent, però. Perquè el Moro m'esperava. La meva dreta no va trobar l'arma. Però l'arma va trobar el meu cap. No vaig perdre ben bé els sentits. L'estora em va saltar a la cara. I era com si les palmeres de l'albada d'Elx m'esclatessin darrera els ulls. Dolorosament. Allò que més em va sorprendre era l'olor de pols que feia. I que sota el llit, a banda de les palmeres que m'esclataven darrera els ulls, hi hagués aquells flocs de borra. Vaig pensar incongruentment que l'hotel era masssa car pel brut que estava. Que m'hauria de queixar a l'administració. Però aleshores va esclatar la palmera de l'Ajuntament i vaig perdre els sentits.

No sé quant de temps va durar la negror. Potser un minut, potser una eternitat. Tant se val. Perquè la negror va deixar pas a un remolí vermell que m'engolia. Hi havia tots els tons del vermell. Des d'un rosa pàl·lid fins a un bordeus moradenc. I cada tonalitat era una punyida. I cada punyida era un renec que pronunciava una part de mi mateix que encara romania conscient i que em maleïa els ossos, que blasmava la meva fatxenderia i que s'avergonyia lleument de estar estenallat a terra, nu com un cuc.

El remolí de vermells es va aturar. Vaig tornar a sentir l'olor de pols i el tacte aspre de l'estora a la galta. Amb precaució vaig moure els dits de la mà dreta: els tenia entumits i no obeïen les meves ordres. Aleshores vaig sentir les veus:

—Ens n'hem d'anar —deia el Moro, amb una punta de contrarietat.

—No hi ha cap pressa —responia el Mike.

Un silenci, uns sorolls que no vaig aconseguir d'identificar i un xiscle de l'Anna.

—Estigues! —va cridar el Mike; i ara sabia allò que la seva veu reflectia: excitació sexual.

Vaig incorporar-me. Però el cop m'havia posat fora de combat i no coordinava bé. Els genolls semblaven de cotó-fluix i una abrivada de dolor em pujà al cap.

—Mi-te'l —va dir el Moro—. Ja retorna.

Una mà humida em va agafar pel braç i em va estirar sense cap mena de delicadesa. Em vaig posar dret.

—Mike! —vaig dir—. No ho facis.

El Mike havia engrapat l'Anna pels braços i l'obligava a descobrir la seva nuesca. Es va aturar, em va mirar i es va clavar a riure.

—I qui t'has pensat que ets, tu, milhomes? No estàs en condicions de donar-me ordres!

El Moro s'havia apartat de mi i brandava la pistola. Somreia lleugerament, però hi havia dubtes, en el seu somriure.

—Moro —vaig dir, una mica més segur de mi mateix—, digues-li que no ho faci. Aquesta mossa no té res a veure amb les joies. Convé que primer parleu amb el Ferrandis...

—Té raó —va dir el Moro—. Deixa-la, Mike.

—Calla d'un cop, Moro! El Ferrandis pot esperar... Que potser no hem trobat les joies? No li ve d'una hora.

Va colpejar l'Anna al rostre i la va fer caure damunt el llit, amb els cabells tapant-li la cara. Amb les mans va forçar-li els braços i amb els genolls, les cuixes. La boca de l'home llepava, mossegava, xuclava els pits de la noia. Era una visió intolerable. Vaig saltar-li al damunt, el vaig apartar d'una empenta i el vaig colpejar dues vegades. Fins que la pistola del Moro em va burxar els ronyons.

—Maleït fill de puta! —va cridar el Mike—. Me les pagaràs.

Va alçar el genoll i em va colpejar els testicles. El dolor em va cargolar. Amb les dues mans obertes, em va colpejar les orelles. I vaig caure rodó a terra, sense perdre els sentits. Aleshores em va clavar una guitza al costellam que em va tallar la respiració. Una glopadda agra em va pujar a la boca i vaig vomitar, a terra i per damunt meu.

Em vaig aixecar com vaig poder. El Mike em mirava sorneguer. M'hi vaig abraonar, amb els ulls tancats i les mans per davant, intentant agafar-li el ganyot. Em va apartar les mans i em va agafar pels cabells. Amb la mà esquerra em va bufetejar seguit i el meu cap anava d'una banda a l'altra, com el batall d'una campana.

—Au, Mike, deixa'l. Ja l'has estovat prou —va intervenir el Moro. Aleshores Mike em va deixar anar els cabells i amb la mà plana em va empènyer el front. Vaig caure enrera, vaig ensopegar amb el llit i vaig anar a parar a terra. Tot m'era ben igual, ja. Patia tota la gamma imaginable de dolors, al pit, als testicles, a les costelles, al cap... Em vaig incorporar i em vaig llançar un cop més contra el Mike. La lentitud dels meus moviments li va permetre d'apartar-se i de clavar-me una puntada de peu al cul que em va rebotre contra un moble que feia de taula o de tocador. L'aresta del moble em va fer un tall a la galta i vaig sentir que la sang em regalimava pel coll i pel pit. Damunt el moble hi havia un mirall. M'hi vaig veure. Feia llàstima. I tenia els ulls de boig. Vaig agafar un cendrer de cristall que hi havia, al costat del llum i d'una carpeta de pell sintètica, em vaig girar d'una revolada i li vaig etzibar un cop a la clepsa. Només el vaig encertar de gairell, però li devia fer mal, perquè el Mike va renegar, es va treure la pistola que duia al cinyell, entre la camisa i els pantalons i em va picar amb el cantó a la templa. El dolor, la ràbia i el malson van desaparèixer de cop.

***

—Vidal.

Em pensava que era sang, però era aigua. Vaig obrir els ulls i els tenia negats d'aigua. Vaig intentar eixugar-me amb les mans. Però tenia les mans lligades darrera l'esquena, amb alguna cosa fina que se'm clavava als canells.

—Au, va, espavila't!

Vaig aconseguir d'enfocar els ulls: encara érem a l'hotel. L'Anna seia a l'espona del llit. S'havia posat el vestit i plorava en silenci. El Mike entaforava les joies a les bosses de plàstic, desestimant la meva roba. Tenia un parell de morats a la cara i un trenc al front. Semblava empipat.

El Moro era davant meu, amb un vas d'aigua mig ple a la mà esquerra i la pistola a la mà dreta.

—T'han fet res, Anna? —vaig tenir l'esma de preguntar. La noia va moure el cap, amb un gest de negació i alhora de desesperança.

—Tranquil, Vidal. Si et portes bé, et deslligarem perquè puguis vestir-te, i ens n'anirem. El patró t'espera.

—Ja m'heu picat bastant. Deslligueu-me i dueume a veure el Ferrandis... Què penseu fer, amb la noia?

—Vindrà amb nosaltres.

—Ja us he dit que no tenia res a veure amb les joies...

—Però no podem deixar que vagi a parlar amb la bòfia. L'amo decidirà.

—Som-hi, doncs.

Tenia tot el cos macat, adolorit, nafrat. Em van deslligar les mans, vaig agafar una mica de roba i vaig entrar a la cambra de bany. El Moro m'impedí que tanqués la porta. Em vaig arronsar d'espatlles.

Tenia els testicles inflats i no vaig poder orinar. Vaig omplir el bidet d'aigua freda i m'hi vaig rentar els baixos. La impressió fou dolorosa. Però la inflor va minvar. Amb colònia i un mocador net, em vaig desinfectar el tall de la galta i em vaig friccionar les costelles. Tot i el mal que sentia, semblava que no me n'havia trencat cap. Però gairebé no podia respirar. Vaig esquinçar una tovallola de l'hotel, vaig improvisar unes benes i em vaig embolicar el tors ben fort. Ara anava millor. Amb cura, em vaig posar una camisa, uns *slips* i els pantalons. L'única part del meu cos que no em feia mal eren els peus. Em vaig calçar les sabatilles i vaig tornar a la cambra.

El Mike ja havia posat totes les joies a les bosses. L'Anna s'havia aixecat del llit i es calçava les sandàlies. I el Moro es recolzava al muntant de l'obertura que separava el dormitori d'una mena de rebedoret, on hi havia un armari encastat. Amb la pistola a la mà, és clar.

—Anem —va dir i em va fer senyes amb la pistola perquè passés davant.

Vaig agafar el tabac, els diners i els medicaments que hi havia a la tauleta de nit i m'ho vaig embutxacar, després d'encendre un cigarret. Vaig sortir al passadís. L'Anna va sortir al meu darrera. Després ho va fer el Mike amb les bosses i, finalment, el Moro que tancà la porta sense fer soroll.

El conserge de nit ens va mirar sorpresos. Em va tornar el carnet d'identitat però no va gosar preguntar-me res. De segur que s'havia fixat en els morats que tenia a la cara i al coll.

No hi havia ningú, al carrer. El Moro ens va indicar un Renault 14 de color vermell, matrícula de València. Va obrir la porta i em va dir:

—Tu, Vidal, puja al davant. Condueix tu, Mike. La xica i jo anirem al darrera... No oblidis que tinc una pistola, Vidal. Fes bondat.

No podia fer altra cosa, jo. Estava massa cansat, massa marejat, massa macat. Em vaig deixar caure al seient, vaig posar-me el cinturó de seguretat i vaig esperar.

Tot m'era igual. La tensió d'aquelles hores, des de l'espera en el cotxe davant l'església fins a l'hotel del Mike. Curiosament no tenia gens de son. Només una lassitud que em baixava per les cames, pels braços, per l'espinada i que es concentrava en els punts de dolor que anava identificant a poc a poc: les costelles sota la faixa improvisada, els testicles, encara inflats, el tall de la galta i el crani. Aquests eren els dolors principals. Després venia una cohort de mals petits: les genives inflamades, l'ull esquerre, amb la parpella una mica inflamada, els braços, els canells i la cama dreta. Però allò que em feia més mal era la vergonya. La vergonya d'haver estat trobat en un hotel, a punt de fer l'amor amb una mossa que només feia unes hores que coneixia, nu i indefens, quan hauria d'haver estat a l'aguait, en moviment constant, conscient que em jugava la pell.

El Mike s'assegué al meu costat, es passà el cinturó de seguretat i posà el cotxe en marxa. Va prémer els botons que feien baixar les finestrelles, va treure el fre de mà, ficà la primera i es va allunyar lentament de la vorera. Després va prendre embranzida, canvià a segona, a tercera i va conduir el cotxe per l'interior de la ciutat, buida, adormida i indiferent als nostres destins.

—Anem a Alacant i d'allí a Santa Pola... Vés alerta, podem trobar algun control i no m'agradaria tenir una mala topada amb la bòfia —va dir, des del seient de darrera, el Moro, amb veu cansada.

Vam sortir d'Alcoi per la carretera on havíem entrat l'Anna i jo. Llostrejava.

* * *

Quan vam arribar a la cruïlla de la carretera d'Ibi, la claror de l'alba retallava les muntanyes. Un cartell anunciava el port de la Carrasqueta i la carretera s'estrenyia i començava a fer giragonses. Pràcticament no hi havia circulació. El Mike conduïa amb precaució, però malgrat tot, anàvem d'una banda a l'altra. El paisatge era d'una orografia brusca, sobtada. I tot i que l'aire de la matinada que entrava per les finestrelles obertes era fresc i em despertava, vaig tenir una sensació de mareig; la falta de descans i la pallissa que havia rebut a l'hotel d'Alcoi. La carretera, en determinats punts, es feia perillosa i a la nostra banda s'obrien uns barrancs impressionants.

Vaig treure'm el paquet de tabac i l'encenedor de la butxaca. Vaig posar-me un cigarret als llavis i vaig estar una estona jugant amb l'encenedor. Havia de trobar el moment oportú. Un dels revolts més pronunciats dels que havíem pres fins aleshores em va ajudar. Vaig donar la màxima flama a l'encenedor, vaig fer-lo funcionar i vaig atansar-lo, amb un moviment brusc, als ulls de Mike. Va perdre el control del cotxe.

Vaig deixar anar l'encenedor i vaig estirar el fre de mà amb l'esquerra, mentre amb la dreta arrabasava les claus i desconnectava el motor.

L'Anna va xisclar. El Moro va renegar. Mike no deia res, suava. El cotxe va anar, de primer cap al barranc, després cap al centre de la carretera i, finalment, va tornar al barranc, just quan jo feia funcionar el fre de mà i desconnectava el motor. Vam saltar tots quatre endavant. Va ser el moment que vaig aprofitar per girar-me i colpejar amb el puny la cara del Moro, a frec meu. De cua d'ull vaig veure com li queia la pistola de les mans i vaig cridar a l'Anna:

—La pistola!

Vaig suposar que la noia m'hauria comprès i em vaig dedicar a Mike, que encara no sabia què li havia passat. Em vaig fer mal al puny quan li vaig encertar de ple el pòmul. Però no em va saber greu: s'ho mereixia.

Mentre, però, el cotxe no s'havia aturat del tot. Les rodes del davant patinaren amb la grava de la vorera.

—Salta, Anna!

Em vaig treure el cinturó de seguretat, vaig obrir la porta de la meva banda i vaig saltar, sense preocupar-me si la noia m'havia entès i m'obeïa.

L'asfalt em va rebre amb duresa. El cap. M'havia de protegir el cap. Per sort no me'l vaig colpejar. Les costelles, sí, però, i el dolor fou insuportable.

L'Anna m'havia entès a la perfecció i també havia saltat del cotxe. Havia tingut més xamba que jo i havia caigut de cul. Amb la pistola del Moro a la mà. Era una mossa valenta i amb més serenitat que molts mascles que van per la vida en pla de durs.

Just quan m'incorporava, amb els ulls plens de llàgrimes per la sentida del costellam, el cotxe s'aturava un moment i, amb una lentitud impensada, s'afonava barranc avall.

—Les joies! —vaig sentir que cridava l'Anna. Tant m'era. Havia salvat la joia més important: la meva pell.

Dret, al mig de la carretera deserta, a primera hora del dia, colpejat, cansat, derrotat, devia fer una fila!... L'Anna se m'acostà i sense paraules m'abraçà. Vaig agrair la calidesa del gest, la senzillesa com havia expressat els seus sentiments. La vaig besar lleument i, recolzat en ella, em vaig atansar al barranc. El cotxe havia donat dues voltes de campana i s'havia quedat aturat en uns penyals, a mig camí de la cinglera. Un núvol de pols pujava majestuosament, subratllant l'estranyesa del lloc, del moment i de la situació.

—Hi podem arribar! —va dir l'Anna, amb un to d'impaciència.

Hi podíem arribar, sí. No hi havia senyals del Mike i del Moro. Potser encara eren dins el vehicle estimbat. Vaig inspirar fort, em vaig palpar les costelles adolorides, em vaig separar de la noia i vaig començar a baixar pel barranc. Les sabatilles d'estiu em relliscaven pel pedregar i m'havia d'agafar als matolls polsosos. Dues vegades em vaig haver d'aturar per reprendre l'alè i calmar-me el mal de les costelles. Finalment, recordant moments de la meva infantesa, vaig lliscar de cul pel pedruscall i vaig arribar als penyals que subjectaven el cotxe.

El Mike s'havia badat el cap contra el parabrisa, malgrat el cinturó de seguretat. Respirava bé i no em va costar gaire treure'l del vehicle i deixar-lo estès en una superfície plana. Potser no s'ho mereixia, però en aquella situació no hi vaig pensar. El Moro era mort. La planxa de la porta del darrera del Renault 14 s'havia convertit en un tallant i li havia seccionat el coll. El seu cap penjava d'uns quants músculs i més aviat era un espectacle repugnant. No podia fer res per ell, així és que el vaig deixar estar.

La porta del portaequipatge estava blegada i em va costar Déu i ajuda forçar-la. Quan ho vaig aconseguir, estava amarat de suor i tenia les ungles trencades. Però les bosses estaven intactes i l'esforç havia valgut la pena. Al portaequipatge hi havia un bocí de cordill. Vaig lligar les nanses de les bosses i me les vaig penjar del coll.

Si la baixada havia estat difícil, la pujada encara ho era més. El pedregam s'esllavissava pendent avall, amb perill d'arrossegar-m'hi. M'havia d'aferrar fort a les mates i enfilar-me gairebé paral·lel al pendent.

Quan vaig arribar a dalt, el sol ja s'enfilava cel amunt i començava a fer calor.

—Anna!

La noia va aparèixer per la vora del barranc i m'estirà una mà per ajudar-me. El seu contacte em va donar forces, com si un corrent elèctric em passés pel braç i m'empenyés amunt.

Vaig romandre una bona estona a la vora de la carretera, incapaç de moure'm.

—Com estan?

—El Moro ha mort. El Mike té el cap trencat.

—Hem d'avisar algú perquè els vinguin a recollir.

—Sí. Però primer hem d'arribar a algun lloc habitat... Ha passat algun cotxe?

—No.

Em vaig aixecar.

—Comencem a caminar.

—Cap a Alcoi o cap a Xixona?

—Alcoi em porta mals records... Xixona és més a prop, oi?

—Sí.

—Doncs cap a Xixona.

Una hora després ens recollia un cotxe amb matrícula belga, ocupat per un matrimoni jove amb una criatura de bolquers. Els vam explicar que hi havia hagut un accident i, deu minuts després, ens deixaven a la benzinera que hi ha a l'entrada de Xixona.

QUATRE

Al dispensari de Xixona em van descobrir una luxació al pit i em van posar una pomada als testicles. L'ATS que em va atendre va dir que em calia fer llit dos dies, que el metge passaria a mig matí i que ell confirmaria el diagnòstic. A la petita oficina, adjunta a la sala de primeres atencions, vaig sentir que l'Anna trucava als de trànsit per comunicar l'accident: va donar només la matrícula de Renault 14 i no va precisar els fets. L'ATS em va deixar que em vestís, mentre omplia el paperam per ingressar-me a la clínica.

Els calmants que m'havia donat i la pomada als testicles m'havien deixat nou. I ara la situació em queia a sobre. Ni podia fer llit, ni havia d'esperar el metge ni, sobretot, havia de donar noms. Havia recuperat les joies i m'havia desfet dels homes del Ferrandis. Una luxació i uns quants cops no em podien deixar fora de joc. M'havia de moure amb rapidesa. I ho vaig fer.

Embenat i amb mercromina als talls de la cara, vaig sortir de la sala. L'Anna seia inquieta davant una taula de despatx i es mirava amb expressió de dubte l'ATS que intentava omplir uns fulls impresos.

Sense dir res, em vaig posar al costat de la noia, vaig agafar-li la senalla que duia, en vaig treure la pistola del Moro i vaig encanonar l'ATS. Les armes no m'han fet mai cap goig. Només una vegada en la meva vida, quan l'assassinat d'en Rodergues i de la meva germana Júlia, hi vaig tenir tractes. La sensació que us produeix engrapar una arma és estranya: d'una banda, una certa basarda, de l'altra, una gran seguretat, com si fóssiu l'amo del món.

—Tranquil, noi. Res de papers, ni de gestos bruscs... Tens cotxe?

L'ATS es va posar blanc com la bata que duia. Va començar a suar i les mans li tremolaven. Va assentir.

—Anna, pren-li les claus.

Vaig agafar les bosses i, d'esquena, sense deixar d'encanonar-lo, vaig retrocedir cap a la porta. L'Anna agafà les claus del cotxe que li oferia l'home i d'un parell de gambades va sortir del dispensari.

Vaig pensar que no me'n podia anar així, que el xicot usaria el telèfon només que sentís el motor del seu cotxe i que tindria tota la policia de la contrada estalonant-me. Vaig avançar cap a ell.

—No, per favor, no dispare! —em va dir amb la veu trencada.

—Passa els braços rera la cadira i no tinguis por. Només vull guanyar temps.

Em va obeir. Vaig agafar un rotlle d'esparadrap que hi havia sobre la taula li vaig lligar els canells. Després em vaig ajupir i li vaig lligar els turmells a les potes de la cadira. Vaig agafar unes gases que hi havia, una mica de cotó-fluix i vaig preparar una mordassa. La hi vaig subjectar amb una mica d'esparadrap. Abans de sortir, vaig arrabassar el fil del telèfon.

—Pots respirar bé? —vaig preguntar-li.

Va fer que sí amb el cap.

Vaig sortir del dispensari i vaig tancar la porta amb clau. El cotxe de l'ATS era un dos-cavalls tronadet, amb matrícula d'Alacant. L'Anna ja s'hi havia instal·lat. Vaig pujar al lloc del conductor i vaig posar-lo en marxa. Hi havia poca benzina, segons l'indicador.

—Cap a on anem? —va preguntar la noia, mentre circulàvem amb prudència pels carrers encara buits del poble.

—Cap a Dénia directament... La policia ens buscarà d'aquí a una estona. Hem de canviar de cotxe i arribar a Dénia avui mateix. Demà podrem embarcar-nos... Saps el camí?

—Pel coll de Rates. És una carretera de muntanya però em sembla més segur que no pas tornar a Alcoi pel port de la Carrasqueta... Allò estarà ple de guàrdies civils.

A la mateixa benzinera de l'entrada de Xixona, on ens havia deixat el cotxe belga, després de l'accident, vaig fer benzina. L'encarregat de les bombes havia canviat i no ens identificà, ni a nosaltres, ni el cotxe de l'ATS.

Anàrem en direcció a Alcoi uns quants quilòmetres, com si tornéssim al coll on s'havia produït l'accident. Ara podia mirar el paisatge: una mica d'horta escarransida, recremada pel sol, i molts ametllers i garrofers. Xixona em suggeria llepolies nadalenques, festes il·lusionades, anys de certeses i de tranquil·litat, molt abans de la Universitat, de conèixer l'Ofèlia, el meu primer gran amor, l'Ofèlia que vaig trair per una bona picossada, i, sobretot, abans de conèixer en Rodergues i en Romagosa, l'home que havia canviat la meva vida.

Vaig esbandir els records que m'estovaven i vaig fer atenció a la carretera.

—Estàs bé? —em va preguntar l'Anna.

—Sí... Per què m'ho preguntes?

—No sé... Fas una cara...

—I quina cara vols que faci?... Estic cansat, fa quaranta-vuit hores que no dormo, he robat les joies de la verge més venerada d'aquest país, he engalipat els meus companys, m'empaita la bòfia, m'han estomacat de valent i no sé com sortir-me'n... T'estranya que faci mala cara?

Després d'aquest reguitzell de greuges, l'Anna va callar. També se la veia cansada, com si les emocions i l'anar amunt i avall li haguessin esborrat aquella mena d'inconsciència que l'empenyia a ficar-se en tot i amb tothom.

Pocs quilòmetres després, haguérem de canviar de carretera. Més mal asfaltada, més estreta, però —i això era una sort— molt més tranquil·la. A la Torre de les Maçanes, un poblet de vuit-cents habitants, ens vam aturar i vam esmorzar. A l'hostal de la carretera hi havia uns quants pagesos, un parell de camioners i la mestressa. Parlaven del robatori de les joies d'Elx i dels controls de carreteres. L'Anna i jo vam parar l'orella. Un dels camioners explicava que la guàrdia civil havia trobat l'Austin blanc dels lladres, abandonat a prop d'Ibi. Segons la bòfia, els lladres havien estat un home i una noia jove. L'altre camioner explicava als pagesos que hi havia un control al coll d'Ares i que no només demanaven la documentació, sinó que escorcollaven els vehicles de dalt a baix.

Vam pagar i vam sortir.

—Què fem? —em preguntà l'Anna abans de pujar al cotxe.

—És molt lluny aquest coll d'Ares?

—Sí. És passat Benifallim.

—Podem estalviar-nos-el?

—Potser.

—Bé, quan trobin l'ATS de Xixona lligat, sabran que som per aquests verals... Calculo que trigaran un parell d'hores a trobar-lo. Abans hem d'haver canviat de cotxe...

Vam pujar al dos-cavalls i vam sortir rabents de la Torre de les Maçanes.

—Hi ha algun poble més, entre nosaltres i Benifallim? —vaig preguntar a la noia, mentre ens enfilàvem pels primers pendissos del coll de Benifallim.

—No.

Em preocupava apropar-nos a Ares, al control que havíem sentit que els civils hi havien muntat, en una tartana com aquell dos-cavalls. Per pujar als mil metres del coll de Benifallim, vaig haver d'usar la segona. En cas que m'empaitessin, aquell cargol em faria una mala passada. El canvi de cotxe es feia imprescindible. Però per poder triar-ne un que em fos realment útil, havia de trobar una ciutat amb una benzinera. A punta de pistola és fàcil trobar el cotxe que necessites.

* * *

Un cop a Benifallim, vaig decidir que continuaríem en la tartana. Era un poble massa petit i massa aïllat. I en plena serra, amb unes muntanyes alteroses que, en cas de topada amb els de trànsit, sempre ens servirien de refugi. Els cingles, els penyals, els barrancs i les esllavissades oferien la possibilitat de mil amagatalls segurs. Els caldria un helicòpter i un centenar de guàrdies per trobar-nos, si abandonàvem el cotxe.

Arribàrem a Penàguila sense entrebancs. El sol ja era alt i feia calor. No tant, però, com al desert de Monòver i Villena. L'aire que rodolava dels cims de la serra era més aviat fresc i feia suportable el viatge.

A Penàguila vam parlar amb un transportista. L'Anna, que hi té la mà trencada amb la gent del país, va menar la conversa cap al robatori «sacríleg», va dir, i cap al control del coll d'Ares. Efectivament, el transportista ens va dir que hi era i que era molt fort. Vam comprar un mapa de carreteres —no n'hi havia cap al cotxe de l'ATS— i vam descobrir que podíem desviar-nos. De Penàguila a Alcoleja i d'allí, pel coll dels Tudons, cap a Sella. Tenia un inconvenient, que tornàvem cap al sud. Però podíem estalviar-nos l'autopista i la carretera de la costa i arribar a Callosa d'En Sarrià per carreteres secundàries.

—Farem tanta volta que el podrem despistar...

—I podrem canviar de cotxe?

—Les poblacions són molt petites. Ho dubto.

—A hores d'ara ja deuen haver trobat l'ATS de Xixona i sabran que anem armats i que viatgem en aquesta carretoina... Les patrulles de trànsit duran la matrícula i ens empaitaran... I ja em diràs tu!

—És l'única possibilitat d'estalviar-nos el control d'Ares...

—Bé... Ja veurem.

Vam comprar, també, una mica de menjar: pa, embotit i unes llaunes de tonyina. Vam comprar, a més, un obrellaunes, un ganivet d'excursionista i tovallons de paper. Havia estat idea de l'Anna.

—Així podrem fer una berena a muntanya, no et sembla? —ho deia amb ironia, però amb un convenciment real, com si el malson de la nit i l'accident de la matinada no fos real o no li hagués succeït a ella.

* * *

A les dues tocades, passat el coll dels Tudons, vam ficar-nos per un camí de cabres i vam aturarnos al costat d'un alzinar. El paisatge era d'una grandiositat, d'una bellesa, només comparable al Pirineu. Amb una diferència, però. El verd d'allí s'havia convertit en penya eixuta, en pedres i mates arranades a terra. Vam deixar la carretoina sota una alzina i ens vam instal·lar per dinar.

L'efecte dels calmants que m'havien donat a Xixona ja feia estona que s'havia esvaït i les costelles em feien molt de mal. Vaig estirar-me a terra, mentre l'Anna duia el menjar, i vaig mirar el cel sense núvols. Em costava respirar i els ulls em coïen de no dormir. Era una situació galdosa, a fe! Però encara tenia un parell de trumfos a les mans. D'un costat, les joies. De l'altre, la cita a Dénia amb la llanxa. Només havia de resistir un dia. Un sol dia. I passar els controls, és clar, per tal d'arribar al port, agafar la *Falaguera* i oblidar-me de la guàrdia civil, dels homes del Ferrandis i de l'Anna. Bé, de l'Anna, no. M'havia ajudat molt, aquella noia i ara no la podia deixar plantada. A més, li n'havia parlat de la *Falaguera*. No era qüestió d'abandonar-la a Dénia. La duria amb mi a Eivissa. L'important eren les joies, no que hi arribés acompanyat.

Vaig tancar els ulls. Se sentia la bonior dels insectes, les olors del romaní, d'espígol i la fressa que feia l'Anna que obria les llaunes, llescava el pa i tallava l'embotit.

Em vaig adormir. No somiava, però no era un son agradable. Semblava com si m'estiressin els músculs o m'hi clavessin agulles molt fines que no em deixaven descansar.

L'Anna em va sacsejar.

—Enric.

Vaig obrir els ulls. La seva cara, retallada pel cel blavíssim i pels cabells rossos, reflectia una tendresa que em va commoure.

—Hola.

Vaig estirar els braços, la vaig agafar per l'espatlla i la vaig atreure cap a mi. Els seus llavis eren càlids. Però es va separar.

—Primer mengem.

Em vaig incorporar. Tenia gana. Per precaució, però, abans de menjar em vaig prendre un Antrenyl, no fos cosa que l'úlcera em tornés a fer la guitza.

Vam menjar l'un recolzat en l'altra, com si tinguéssim tot el temps i tota la seguretat del món.

—Digues, Enric... Qui és en Ferrandis?

—Ja t'ho havia explicat... L'amo del cotxe. I el patró del Mike, del Moro i meu... Té un xalet a Santa Pola i negocis pertot arreu.

—És el famós *pied-noir* que em vas dir que t'havia llogat perquè li conduïssis el cotxe?

—Sí. I per altres coses. De fet, les joies són seves. Ell va tenir la idea i va planejar el cop.

—I tu?

—Jo havia de conduir. El Mike i el Moro eren els que van entrar a l'església i la van buidar.

—I la cita a Dénia... la llanxa, *Falaguera*, oi?, i el mariner?

—És molt llarg d'explicar i ara no és el moment, Anna.

—Te'n pots refiar?

—Sí, és clar. Demà a les dotze, al port de Dénia. Si hi arribem s'haurà acabat aquest malson.

—Hi arribarem, Enric... Però has de descansar. Dorm una estona.

—I tu?

—Jo vetllaré.

Devia fer cara de dubte, perquè l'Anna es va aixecar d'una revolada, va anar al cotxe, va tancar-lo amb clau i va tornar al meu costat, brandant-la.

—Té, home de poca fe! Posa't la clau a la butxaca i així tindràs la seguretat que no fugiré amb les joies...

Semblava empipada. Tant m'era. M'havia fet una mala passada un cop i hi podia tornar. Vaig agafar la clau i me la vaig posar al butxacó de la camisa.

Era perfectament conscient que dormir, en aquella situació, era perdre un temps preciós. La meva única defensa contra els homes del Ferrandis que encara quedaven —i en quedaven molts!— i contra la bòfia, era la mobilitat constant, l'anar amunt i avall, sense aturar-me, en una mena de cursa boja.

Però em calia dormir. Dues hores, només. Dues hores amb els ulls tancats, el cos relaxat i el cervell buit. Dues horetes...

***

Quan em vaig despertar, el primer que vaig fer va ser consultar el rellotge. Eren les set. Les dues hores s'havien convertit en quatre. El sol declinava, ja, i l'aire era fresc. Tenia tot el cos enravenat, els testicles inflats i les costelles em tornaven a fer molt de mal.

Em vaig incorporar. L'Anna jeia al meu costat. Dormia com si fos al llit de casa seva —si és que tenia casa, i llit— i se la veia relaxada. Somreia lleument.

Em vaig aixecar, em vaig desentumir i m'hi vaig atansar. Ens caldria córrer, ara.

—Anna! —va obrir els ulls, encara tèrbols pel son—. Au, amunt! —es va incorporar—. Hem dormit més del compte. Són les set.

—Les set! —va dir, posant-se dreta d'un bot.

—Les set, reina. Hem clapat com unes marmotes.

—Com te trobes?

—Adolorit. Em fa mal tot el cos. Però una mica més descansat. Una dutxa m'aniria molt bé.

—Ho sento, Enric. Per aquests paratges serà molt difícil trobar-ne una.

—Au, no perdem més temps i anem... Encara hem de canviar de cotxe.

L'Anna va recollir l'estesa de coses que hi havia per terra —restes de menjar, ampolles buides, llaunes—, ho va ficar tot en el portaequipatge del dos-cavalls i, deu minus després, empreníem el retorn a la carretera.

Sella era un poble massa petit, per intentar el canvi de vehicle. Hi havia una mica de verd d'horta, un castell o un santuari, i gent que prenia la fresca als portals de les cases de la carretera.

Una mica més avall de Sella, l'Anna em va obligar a agafar una trenca a l'esquerra.

—Anirem a Finestrat i així ens estalviarem de sortir a la nacional.

—És un poble gran?

—No. Però és a prop de Benidorm.

—Doncs anirem a Benidorm.

—Però, Enric, la policia ens deu estar buscant i les poblacions grans...

—Necessitem un cotxe nou.

—És molt perillós.

—Tinc una idea... Mira, un cop arribem a... com dius que es diu, aquest poble?

—Finestrat.

—... Finestrat, deixarem aquesta carrossa i farem auto-stop fins a Benidorm. Hi entrarem de nit, agafarem un vehicle bo i tornarem a les carreterones fins a Dénia. Què et sembla?

—No ho acabo de veure clar...

—Si agafem un cotxe a Benidorm, no sospitaran que hàgim estat nosaltres. Hi deuen haver molts robatoris, en ple mes d'agost, en un lloc de tant turisme. Quan els propietaris presentin la denúncia, la policia farà el tràmit normal: un altre cotxe robat. No el relacionaran amb la parella que estan buscant.

—Bé, tu manes.

* * *

Vam entrar a Benidorm a les deu tocades. Després de dos dies per carreteres secundàries, per poblets de muntanya o pel desert, els llums, el personal i els sorolls de Benidorm em van semblar un excés, com si haguéssim arribat en un altre món.

Tots els pobles de la costa Mediterrània són iguals: xalets, hotels, apartaments, bars, boites i botigues. I una gentada multiforme, internacional. Sóc home de ciutat i aquella cafarnaüm estiuenca era d'allò més semblant a una ciutat que teníem a mà. Havíem deixat la carretoina de l'ATS de Xixona a dos quilòmetres de Finestrat. Ens havia costat molt trobar un vehicle que ens agafés fins a Benidorm. Finalment, havíem aturat un Renault 18 d'una parella barcelonina que no pararen de meravellar-se que fóssim, també, de Barcelona i que haguéssim tingut una pana per aquelles carreteres de segon ordre.

L'Anna els havia explicat una guatlla. Que si jo era escriptor i preparava un llibre sobre cuina i havíem voltat pels pobles de les serres de Mariola i d'Aitana tastant les especialitats culinàries de la contrada, que si a Benidorm teníem reserva a l'hotel Bellamar, que si prosseguiríem viatge cap a Alacant i Elx, que si sabien res del robatori de les joies d'Elx. La parela no en sabia res. Eren de vacances i no els interessava gaire la notícia.

Ens van deixar prop del Bellamar. Els vam donar les gràcies, van preguntar-me en quina editorial apareixeria el meu llibre, l'Anna els va dir un nom que els va deixar satisfets i ens vam acomiadar amb molta cordialitat.

Tornava a fer calor. L'aire, carregat d'olor de mar, era humit i pesat. I jo no em trobava gaire bé. Vam buscar una farmàcia de torn i vam comprar calmants i pomada.

—I ara què? —em va preguntar l'Anna.

Hi havia massa gent pel carrer, per intentar, encara, robar un cotxe.

—Hem d'esperar una mica.

—Per què?

—L'especialista sóc jo, no?

—Sí, és clar. Però volies un poble gran per poder triar un cotxe. Aquí en tens tants com vulguis...

—Hi ha massa gent.

—Doncs què fem?

—Menjar alguna cosa. Necessito un lavabo per posar-me la pomada.

—Menjar?

No vaig contestar. La vaig agafar per l'espatlla i la vaig obligar a entrar en un restaurant que anunciava en anglès i francès les especialitats de la casa.

* * *

Els calmants, la pomada i el sopar m'havien produït una certa eufòria. Era un risc, ja ho sabia, però havia valgut la pena. A més, qui em buscaria en un restaurant de la vila més turística d'aquell bocí de la costa?

Eren les dotze quan sortíem de sopar. La gernació dels carrers havia minvat una mica. Ara la gent s'arraïmava a les discoteques i als bars.

Rera els hotels i els edificis d'apartaments de primera línia de la platja, hi havia alguns carrers tranquils, amb cotxes aparcats a banda i banda.

Vaig donar les bosses a l'Anna i vaig començar a provar les portes dels vehicles. Gairebé tots les tenien tancades amb pany i clau. Després de mitja hora de provar panys, quan ja començava a desesperar-me de trobar un cotxe obert, vaig provar la porta d'un Ford amb matrícula de Madrid. El propietari s'havia oblidat de posar el pestell de seguretat de la porta de darrera. M'hi vaig ficar, vaig passar al seient de davant, vaig obrir la porta del costat del conductor i vaig cridar l'Anna.

La segona part de l'operació de robar un vehicle és la més difícil: fer un pont per posar-lo en marxa.

Quan més enfeinat estava, pelant els fils per tal de fer el pont, van aparèixer, per la cantonada, un grup de nois i noies. L'Anna em va avisar a temps: em vaig incorporar i la vaig abraçar.

—Què fas? —em va preguntar la noia, en veu baixa.

—No es fixaran en una parella que festegen en un cotxe.

I ens vam besar fins que els vam perdre de vista. Vaig continuar les meves manipulacions amb els fils, fins que el cotxe es posà en marxa.

Deu minuts després, sortíem de Benidorm.

—Cap a on? —vaig preguntar a l'Anna.

—Cap a l'interior. Agafa la carretera de Callosa d'En Sarrià.

Un cop abandonats els encontorns de Benidorm, la circulació es féu escassa i la carretera, altre cop, dolenta. Les tres hores que havíem passat a la vila turística em semblaven una eternitat llunyana en el temps. Era com si ho hagués viscut en una altra existència, com si no haguéssim estat ben bé nosaltres. Em trobava bé, no em feia mal el cos, ni l'estómac i tenia una sensació de benestar, com si el viatge fos de plaer i ens esperés la calma d'unes vacances. Al cap i a la fi, érem en època i en terra de vacances.

L'Anna callava. De tant en tant, quan els accidents de la carretera m'ho permetien, la mirava. Aquella noia se m'havia ficat a la pell i no podia estar-me de pensar en ella com si fos una part —i la més essencial— de mi mateix. Una sensació que no havia experimentat de feia gairebé vint anys, aquell estiu que l'Ofèlia i jo vam viure plegats a Barcelona i que va acabar malament, un dia, a les envistes de Puigcerdà. Les altres dones de la meva vida, la Bebel Dupin, per exemple, o la Roser, no havien significat res. Feia només dos dies que coneixia l'Anna, si és que allò era conèixer-la, i m'hi sentia estretament vinculat, com si fes molt més temps.

La carretera seguia el curs d'una mena de vall, entre les serres d'Aitana i Bèrnia. L'asfalt era dolent, i els revolts, a l'entrada de Polop, s'accentuaren. Hi havia estat una vegada amb l'amo, per aquella zona, camí de Guadalest. Les circumstàncies, però, havien canviat. En Ferrandis volia visitar els poblets de la serra i m'havia fet anar a poc a poc i aturar-me a cada revolt que oferia una nova perspectiva de les muntanyes. Jo li havia maleït els ossos perquè no m'agrada gaire conduir per carreteres de muntanya.

—Un cop arribem a Callosa, agafarem la carretera de Tàrbena. Sabies que allí parlen mallorquí? —va fer l'Anna, per trencar la monotonia i el silenci.

—No. I tu? Com és que ho saps?

—Ho sé tot, jo.

—Sembles un diccionari.

—Voldrás dir una enciclopèdia.

—Doncs això... I digues, per què parlen mallorquí a... com has dit que es diu?

—Tàrbena.

—... a Tàrbena?

—Va ser repoblat per mallorquins al segle XVII... i com que és un lloc aïllat, han conservat la seva variant dialectal...

—Hauries de fer classes, tu.

—Ja m'agradaria.

Però no havíem d'arribar a Tàrbena. Perquè una mica abans de Callosa d'En Sarrià, just al costat del rètol que assenyalava el poble, hi havia un control de la guàrdia civil.

Estaven instal·lats a la sortida d'un revolt. És a dir, que no els havia vist. Era impossible que fes marxa enrera o que donés la volta. Tampoc no hi havia cap trenca, ni a dreta, ni a esquerra.

Després de tot, m'havien caçat com a un animal salvatge.

Vaig fer l'única cosa que podia fer.

—Ajup-te, Anna!

Vaig posar tercera per tenir més força al motor i vaig clavar l'accelerador a fons. El cotxe va fer un salt endavant.

Hi havia un jeep, dues motos, i havien posat barreres metàl·liques.

Vaig esquivar les barreres, vaig picar de morro contra una de les motos, vaig fer girar el volant cap a la dreta i amb el cul vaig clavar un cop al jeep.

Els havia agafat per sorpresa. Suposo que per a ells era un control rutinari. Per a mi, en canvi, era una topada decisiva: m'hi jugava uns quants anys de garjola.

El cotxe va passar entre les barreres, el jeep i les motos. Vaig veure el camí lliure al meu davant, vaig pitjar a fons l'embragatge, vaig posar la directa i vaig donar tot el gas. Els pneumàtics van grinyolar.

I es van començar a sentir trets.

De pistola. I de metralleta.

ENTRE EL XALOC I LA TRAMUNTANA

A Josep Piera i a Marifé Arroyo,
per damunt del cingle verd.

A Eliseu Climent, en la confiança
que La corona valenciana *no l'arruïni.*

I a la Rosa Raga, que hi ha de contribuir.

A la Queti Valera, pel seu somriure.

A Vicent Andrés Estellés, perquè, malgrat tot,
«El món va a la catàstrofe, Bel·lisa».

CINC

Quan algú us dispara, la primera sensació que teniu és que no és possible. Que és una pel·lícula, que les bales són de fogueig i que tot allò no és més que un joc.

Un joc sinistre, però. Perquè, sense cap relació directa amb els trets, van aparèixer a la finestrella de darrera tres forats que van estellar el vidre.

Vaig sentir la meva veu que maleïa. I vaig clavar l'accelerador al pis.

Vam entrar a Callosa d'En Sarrià, afortunadament buit de persones i de cotxes, amb un seguici de motos i *jeeps*, amb sirenes a tota pastilla.

L'Anna s'havia incorporat i guaitava desesperadament enrera.

—Ajup-te, Anna! —la vaig comminar.

—Agafa la trenca que va cap a Bolulla! —em va cridar la noia, sense fer cas de la meva indicació.

Vaig girar el volant just a temps. El cotxe va cuejar perillosament, però vaig aconseguir dominar-lo.

Era un vehicle ràpid, però no tant com les motos dels de trànsit. Pel retrovisor m'adonava que s'estaven acostant i que intentarien disparar-me sense aturar-se.

Callosa d'En Sarrià quedava enrera. Vaig prendre una decisió. Només tenia una sortida: abandonar el cotxe i obligar-los a perseguir-me a peu. En aquella zona muntanyosa, de nit, tenia tots els trumfos a les mans. Necessitava temps per abandonar el cotxe sense que els meus perseguidors em poguessin disparar a pleret. A mig camí de Callosa a Bolulla, a mà dreta, hi havia una trenca que menava fins a l'Algar. Vaig agafar-la. Vaig fer girar el volant al màxim, vaig sortir de la carretera amb les rodes del davant i vaig retornar a la carretera de Callosa a Bolulla, en direcció contrària: els motoristes estaven a tocar. Els vaig embestir de cara. No van tenir temps de reaccionar: un d'ells va sortir de la carretera i va volar pel marge, la moto per una banda i el motorista per l'altra. L'altre motorista va tenir esma de fer

una maniobra. Les rodes li van patinar i va caure a terra. Pel retrovisor vaig veure que la moto, plana, continuava corrent uns quants metres.

El *jeep* estava a uns cinc-cent metres. Vaig mantenir ferma la direcció i el gas al màxim. Vaig sentir els grinyols dels seus frens. La llum dels seus fars m'enlluernava. Vaig poder distingir el conductor que maniobrava desesperadament. El *jeep* va sortir de la carretera i va quedar avorat a la cuneta, amb les dues rodes de l'esquerra al rec.

Ja tornàvem a Callosa d'En Sarrià. Vaig creuar el poble com una exhalació i vaig agafar la carretera de Guadalest, en direcció contrària a la que havíem pres abans.

No em feia il·lusions. Sabia que un cop refets de la meva reacció, els civils m'empaitarien. I, a més, tenien ràdio i podien avisar tots els llocs de control. M'havien descobert i no m'abandonarien així com així.

—Què penses fer, ara? —em va preguntar l'Anna.

M'havia oblidat d'ella. Havien passat cinc minuts d'ençà de la topada amb el control de la guàrdia civil, però per a mi era com si haugessin passat segles. El temps s'havia fet tan lent que tots els meus gestos i totes les maniobres del cotxe semblaven a càmera lenta.

—Abandonar el cotxe.

Tres o quatre quilòmetres enllà de Callosa hi havia un camí que menava a unes cases abandonades, mig enrunades, voltades de parets seques i d'horts que s'havien tornat improductius.

Hi vaig entrar. Tenia l'inconvenient que es veia des de la carretera, però tenia l'avantatge que hi podia camuflar el cotxe.

Tot just acabàvem d'amagar la carrossa madrilenya a les restes d'un cobert, quan vam sentir —i al poc temps, veure— una de les motos dels civils.

—I ara què? —va fer l'Anna en veu baixa, com si temés que ens podien sentir.

—Per a tu, noia, s'ha acabat el viatge.

—Què vols dir?

—Fins ara ha estat un joc de nens, Anna. Ja has sentit els trets. Les coses s'han posat dures. Jo intentaré amagar-me a muntanya i demà arribar a Dénia, com sigui. Tu em faries nosa. Penso que el millor que pots fer és tornar a Callosa, passar-hi la nit i demà anar-te'n a casa...

—Els tractes no eren aquests, Enric!...

El seu to era dolgut. M'ho temia: seria més difícil del que em pensava, desempallegar-me d'ella. Ho feia pel seu bé, però l'Anna havia demostrat ser una inconscient i no ho entenia així.

—Els tractes són fets per a incomplir-los.

—Ets un malparit.

—Anna, jo...

—No res, Enric... Ho vols tot per tu!

La vaig engrapar per les espatlles:

—Escolta'm, Anna. Agafa les joies i enduu-te-les, si vols. No ho faig per això.

Em va abraçar. Vaig sentir que plorava.

—No, Enric, no... No vull les joies, vull venir amb tu...

Era inútil. I perillós. El motorista que havíem vist, quan s'adonés que no érem al seu davant, tornaria enrera i exploraria totes les trenques. Trobaria les cases abandonades i...

—Anem!

Vam tornar a la carretera. No sabia ben bé què fer, però havia pensat que, de nit, els fars dels cotxes m'anunciarien la seva presència abans que no em veiessin i això em permetria anar per carretera un bon tros. El primer que em calia era tornar a Callosa d'En Sarrià. D'allí intentaria arribar a Tàrbena, creuar la serra de Bèrnia per camins de pastors i sortir a la carretera. Un nou cotxe, robat o raptat amb conductor i tot i arribar, així, a l'alçada de Dénia. Eren molts quilòmetres i per camins dolents. No coneixia les pistes i em caldria preguntar a algú. A qui, però, en plena nit? Ja ho resoldria sobre la marxa.

Callosa d'En Sarrià és una vila que s'alça damunt d'un sot ple d'horta, amb arbres fruiters. Les bombetes de l'enllumenat ens feren companyia fins a la trenca que s'enfila cap a la serra de Bèrnia, per trobar el poble de Tàrbena.

La tranquil·litat era total. Ni rastre dels civils.

* * *

Una hora després, sense cap incident, passàrem per Bolulla, un poble petit, sense ningú pels carrers, com una vila deserta. No havíem trobat cap mena de circulació i, tot i les pujades, havíem avançat amb prou rapidesa.

L'Anna no deia res. Caminava darrera meu, sense fressa, amb lleugeresa. De tant en tant sentia la seva respiració una mica més feixuga i aleshores ens aturàvem: fumàvem un cigarret, sèiem a terra i després repreníem la marxa.

A les quatre de la matinada entràrem a Tàrbena. El poble, com els altres que havíem passat, dormia a recer de les muntanyes.

—No ho entenc —vaig comentar a l'Anna quan ens vam aturar—. Els civils ens haurien de buscar per aquí, quan han vist que el cotxe era a Callosa... Què deuen haver pensat?

—Potser que hem robat un altre vehicle i que hem seguit camí de Guadalest, cap a Alcoi. És la carretera principal.

—Si poguéssim trobar un altre vehicle... Aquestes muntanyes són molt altes i no crec que puguem passar-les fins que surti el sol...

L'Anna no va contestar. Aquells dotze quilòmetres amb l'ai al cor, esperant veure a cada revolt la patrulla de la guàrdia civil, l'havien deixat rebentada, sense l'alegria que posava a totes les coses. Allò em va acabar de decidir. Li vaig dir que m'esperés i vaig anar a fer un tomb pel poble. Els pocs cotxes que dormien al carrer estaven tancats amb pany i clau. Ja desesperava de trobar-ne un en condicions favorables, quan d'una de les cases va sortir un xicot jove. Pel posat i pel capteniment, vaig comprendre que venia d'una visita clandestina. Em vaig imaginar una cita amorosa i no em vaig poder estar de somriure.

El xicot va creuar el carrer i va desaparèixer pel cap de cantó. Seguint una intuïció, el vaig estalonar. L'havia encertada: el noi tenia, ja, les claus a la mà i estava a punt d'entrar en un Seat 127 de color blanc i amb matrícula d'Alacant.

M'hi vaig atansar amb la pistola del Moro a la mà.

—No et moguis.

Em va mirar. El terror es dibuixava al seu rostre. Quan va comprovar que no em coneixia, es va relaxar. Li vaig mostrar la pistola. El canó de l'arma va reposar un moment a l'alçada del seu cinturó. Aleshores li va tornar l'espant: jo no era el pare o el marit del seu amor nocturn, però semblava ser una cosa pitjor. I no s'equivocava.

—Treu-te el cinturó.

Em va obeir, sense motar. Li vaig indicar que es girés d'esquena a mi, li vaig fer passar els braços darrera i el vaig lligar amb el seu propi cinyell. D'una empenta el vaig fer caure de bocaterrosa al seient del darrera del vehicle. Vaig pujar-hi, vaig engegar i vaig sortir a poc a poc del cap de cantó, en direcció a l'Anna.

La noia es va ficar al cotxe.

—Qui és? —va preguntar, assenyalant el xicot d'esquena que hi havia al seient posterior.

—No ho sé.

—Què penses fer-li?

—No res. El deixarem a la carretera perquè no pugui avisar.

Vaig sortir de Tàrbena a marxa lenta, vigilant que no em sorprengués cap patrulla de la guàrdia civil.

A dotze quilòmetres, més o menys, de la població hi havia el coll de Rates, segons anunciava una senyalització de trànsit.

Vaig aturar el cotxe en un revolt, vaig fer baixar el xicot i, sempre mostrant-li la pistola, vam iniciar el descens pel barranc, fins a unes roques que quedaven ocultes de la carretera.

Li vaig treure les sabates i els mitjons, vaig assegurar-me que el cinturó no s'hagués afluixat i li vaig entaforar el seu mocador de butxaca a la boca, subjectant-l'hi amb el meu. Després de comprovar que malgrat la mordassa podia respirar, vaig tornar a la carretera.

—Trigaran unes quantes hores a trobar-lo —vaig dir a l'Anna.

—No li pot passar res?

—No. Si no el troben, tard o d'hora es deslligarà i podrà pujar a la carretera... Els peus li faran una mica de mal —vaig mostrar les sabates i els mitjons a la noia—, però és la meva garantia de tranquil·litat.

Vaig posar en marxa el cotxe i vam emprendre el descens del coll, camí del pla.

—Digues, enciclopèdia... Com ho hem de fer per arribar a Dénia sense topar amb la guàrdia civil? —vaig preguntar a l'Anna.

—Això dels civils no ho sé. Per arribar a Dénia hem d'agafar una carretera a Sagra, arribar a Ondara, a la carretera de València, i agafar la desviació de Dénia... Total, una trentena llarga de quilòmetres.

—Hi ha molts pobles?

—Deixa'm pensar... Fins a Sagra només dos, Parcent i Tormos. Ara, de Sagra a Dénia, n'hi ha un munt: Benimeli, el Ràfol, Sanet, Beniarbeig i Ondara, si no és que me'n deixo algun. És la comarca del Marquesat i està molt més poblada que la serra...

—Provarem sort.

* * *

No se n'havia deixat cap. Llostrejava quan canviàrem de carretera i el sol guaitava per darrera el Montgó quan passàrem la restallera de pobles que l'Anna havia anunciat.

La circulació augmentava per moments. Es veien, no només camions i furgonetes carregats de verdures, sinó també algun turisme matiner, en direcció a la costa.

Entre Beniarbeig i Ondara creuàrem la general.

I a l'entrada d'Ondara topàrem amb el control. No era tan espectacular com el de Callosa d'En Sarrià: un *jeep* i quatre guàrdies que aturaven els cotxes, demanaven la documentació i examinaven els portaequipatges.

Els vaig clissar a temps: vaig entrar en un camí de terra que menava cap a una construcció baixa i oberta —«un riu-rau per fer panses», em va dir l'Anna, sempre en el seu paper d'enciclopèdia vivent— i vaig girar cua, abans que no em veiessin.

—I ara? —li vaig preguntar a la noia.

—Podem intentar-ho per baix... Si arribem a Beniarbeig, hi ha una carretera que mena a Pedreguer i d'allí en surt una altra que empalma amb la que entra a Dénia.

Vaig tornar fins a Beniarbeig sense cap problema. La meva sort raïa en el fet que els controls dels civils eren estàtics. M'imaginava que n'havien establert a les cruïlles de les carreteres més importants de l'interior i de la costa. Potser encara no havien trobat el cotxe robat a Benidorm i em buscaven en un vehicle amb matrícula de Madrid.

Mitja hora després entràvem a Dénia. Deixàrem el cotxe correctament aparcat en un carrer de xalets i apartaments i, a peu, baixàrem fins al port.

Eren les vuit tocades.

Dintre de quatre hores s'acabaria aquell malson. I podria dormir. El mal de les costelles, la inflor dels testicles, la macadura del cos no era res comparat amb la son. Tenia els ulls plens de sorra i em rodava el cap.

L'Anna semblava tan cansada com jo mateix. Em va fer pena: el vestit s'havia esquinçat en alguns llocs i estava brut i rebregat. Anava despentinada i feia unes ulleres moradenques de no dormir.

—Duus banyador? —li vaig preguntar.

Va assenyalar la senalla que duia penjada a l'espatlla i va fer que sí amb el cap.

El meu havia quedat a l'hotel d'Alcoi, amb la roba que el Mike havia tret de les bosses.

Una de les botigues de souvenirs, plena de pepes vestides d'andalusa i de falsa ceràmica de Manises obria en aquells moments. Vaig donar les bosses de plàstic a l'Anna i li vaig dir:

—Espera'm i vigila. Si veus l'ombra d'un civil, fuig... A les dotze, al port... D'acord?

—D'acord.

La noia que despatxava parlava un castellà amb accent estranger, probablement holandès. Li vaig demanar una banyador per a mi, un niqui i uns vaquers, sabó d'afaitar i una maquineta. Em vaig emprovar la roba en una mena de provador, ple de fòtils.

Feia molt mala cara. I pel pit, sota la faixa de benes que m'havien posat a Xixona i que em vaig treure, se m'escampava un morat que s'anava tornant groc.

Vaig sortir del provador i li vaig dir que volia, també, uns vaquers per a una noia. Ens vam posar d'acord en la mida: com la seva. També vaig comprar una brusa sense mànigues i unes sandàlies. Vaig fer que m'ho posés tot en una bossa de platja i vaig pagar.

L'Anna m'esperava a la cantonada, amb les bosses.

—Hauríem de trobar un bar de poble. Aquests *snaks* per a turistes no m'agraden gens.

El vam trobar. Feia un moment que havien obert i no havia pràcticament ningú: dos pescadors i el mosso que escalfava la cafetera italiana.

Vam encarregar cafè i unes pastes dubtoses i vaig anar al lavabo mentre esperàvem que ens servissin.

Era un catau petit i més aviat brut. Hi havia una tovallola i un rentamans. Em vaig afaitar i pentinar. L'aigua era calenta i lleugerament salada. Quan vaig sortir del lavabo, amb el banyador sota els pantalons, semblava un altre. La darrera mirada al mirall cagat de mosques així m'ho va demostrar. Però només ho semblava. Per dins era el mateix Enric Vidal cansat, esdernegat, espantat i acorralat d'abans.

L'Anna devorava una de les pastes i bevia el cafè fumejant.

—Això em retorna —em va dir; i en veure'm afaitat i pentinat, va afegir—: I a tu també t'ha provat.

Vaig menjar una pasta i em vaig beure dues tasses de cafè, amb calmants i un Antrenyl per a l'estómac.

—Anem a la platja. És el millor lloc per a passar desapercebuts fins a les dotze.

Vam baixar a la platja. Hi havia poca gent, encara. Sobretot, nòrdics que es coïen al sol d'agost embetumats amb tota mena d'olis i cremes solars.

Vam triar un racó arrecerat, prop d'un grup d'anglesos que clapaven. L'Anna, sense cap mena de prevenció, es va treure el vestit i les bragues i es va posar la peça de baix d'un biquini minúscul. Quan em va veure el pit ple de morats me'l va tocar amb la punta dels dits.

—Pobre Enric!... Et fa mal?

—D'aquí un parell d'hores, quan estem embarcats, no me'n farà gens.

Ens vam banyar. L'aigua tèbia ens va relaxar. El cansament, aleshores, em va esclatar com un globus vermell rera els ulls. Frescos i remullats, ens vam estirar a l'arena. Em vaig adormir.

El malson retornava. Queia en un cotxe vermell per un barranc, al costat del Moro, i sentia com la planxa de la porta s'esqueixava, esdevenia un tallant i seccionava el cap del meu company. Tot jo m'omplia de la seva sang que m'anava regalimant pel pit, per les cames, que omplia el cotxe i m'arribava, llefiscosa, al coll, a la boca, als ulls...

—Enric!

La veu de l'Anna es va desenganxar del somni i es va fer dolorosament real. Tant, que em va forçar a obrir els ulls.

—Enric! —va repetir la noia.

—Què?

—Desperta't. Somiaves i has cridat.

Em vaig incorporar damunt el colze. Vaig mirar el rellotge. Eren dos quarts d'onze. havia dormit tres quarts d'hora. Mentre, la platja s'havia omplert d'estrangers i d'aborígens, tots igualment bronzejats, tots igualment mandrosos, tots igualment desenfeinats.

Vaig anar a l'aigua i m'hi vaig capbussar. La saladina em va esbandir la resta del somni i la sang imaginada del Moro que, curiosament, va quedar surant, invisible, darrera meu, com un presagi.

* * *

A tres quarts de dotze ens vam vestir amb la roba nova que havia comprat. No havia pensat que l'Anna necessitaria roba interior. La noia m'ho indicà amb una rialla. Tant li era, però, perquè es va col·locar els vaquers damunt la pell. Li havia encertat la talla.

Vaig guardar la meva roba bruta i esquinçada a les bosses de les joies i vam anar cap al port.

Hi havia una munió de llanxes, de iots, de llaguts, de barques del bou, amb noms més o menys exòtics i banderes de totes les nacionalitats. Però la *Falaguera* encara no havia arribat. A aquella hora, amb un sol de justícia que escalfava les idees, no s'hi veia gaire gent, a l'andana del moll. Als iots, sí. Noies rosses que prenien el sol conilles i algun buròcrata panxut que feia veure que arreglava els aparells. Vam seure a una taula exterior d'un bar, protegida per un para-sol, disposats a esperar l'aparició de la llanxa. Un cambrer amb una camiseta que lluïa unes lletres blaves amb el nom de Dénia i una sirena malforjada, va acudir sol·lícit.

L'Anna va fer la comanda:

—Dos carnots i dos gots d'aigua, per favor.

El cambrer la va mirar, estranyat.

—Carnots?

—Sí... Que no en tenen?

—Sí, sí... però és que ningú no en demana, ara...

Se'n va anar compungit.

—Què és això del carnot? —vaig preguntar.

—Un licor d'herbes, típic de Dénia. Amb aigua fresca diuen que treu la set.

Però la seua explicació ja no m'interessava. Acabava d'entrar una llanxa. Em va semblar que la reconeixia: l'havia vista a Santa Pola a començaments de juny, quan *mistress* Marlowe va visitar el Ferrandis. Vaig consultar el rellotge: passaven uns minuts de les dotze. Era la culminació. S'havien acabat les persecucions i les fugides. Un ràpid viatge per mar, una entrevista amb la Marlowe i... La son i el cansament s'havien esfumat. Vaig sentir una punyida a l'estómac, però no era l'úlcera: era com una mena d'agraïment, com si se m'hagués trencat el fil que em mantenia tens i a l'aguait.

El cambrer va comparèixer amb dues copes d'un líquid de color de mel i dos gots d'aigua amb cubets de gel.

Vaig pagar.

—Anna, em sembla que la llanxa arriba ara... —vaig dir a la noia, i la meua veu va trair l'emoció que sentia.

—És aquella? —la va assenyalar—. No aconsegueixo de llegir el nom...

Em vaig aixecar, sense tastar la beguda.

—Anem!

Vaig agafar les dues bosses amb les joies.

—On?

—A Eivissa.

Tant se valia. Ara ja era segur que la noia no se separaria de mi. Ni a Dénia, ni a Eivissa. Ni mai.

Va beure un glop d'herbes i va fer una ganyota.

—Són fortes!

Va deixar el got i es va aixecar.

Just en el moment en què feien l'aparició a l'andana del moll tres individus. Pantalons blancs, niquis virolats, ulleres de sol i un amb un capell de palla.

Els vaig reconèixer de seguida. Eren el Monsonís, el Rodríguez, un sudaca molt ràpid amb el ganivet, i en Gomis, un tortosí especialista en cotxes i en drogues, que solia viatjar per al Ferrandis al Marroc.

M'havien vist i venien de dret cap a nosaltres.

—Entra al bar, Anna!

Vaig engrapar la noia i la vaig arrossegar al meu darrera. Havia d'actuar ràpidament, sense perdre ni un segon.

—Què passa? —em va preguntar l'Anna, un cop dins l'establiment.

—Els homes del Ferrandis... Escolta'm bé. Has d'anar al lloc on atraqui la llanxa... El mariner es diu Bernat, és un treballador de *mistress* Marlowe, d'Eivissa... Digues-li que tinc problemes, que m'esperi... Si a les... sis, posem, no he arribat, salpeu.

—I tu?

—Ja m'espavilaré... Establirem una segona cita per a demà a les dotze.

—A Dénia?

—No, aquest port ja està cremat... Digue'n algun que coneguis, més al nord...

—València.

—A València, doncs. Si no hi sóc demà a les dotze, m'espereu demà passat... On et sembla?

—El Grau de Castelló... Peníscola?

—Hi ha unes illes, oi, prop de Castelló?

—Els Columbrets.

—Hi viu algú?

—No, llevat del faroner.

—Demà passat a les dotze, doncs, al far... Suposo que una llanxa com la *Falaguera* s'hi podrà apropar...

—Sí, és clar.

—I ara tanca't al lavabo, canvia't la roba, posa't el vestit. Així no et reconeixeran. Espera una estona i surt... Jo procuraré despistar aquests vells amics meus...

—Enric, però...

—No discuteixis, no tenim temps...

—I les joies?

—Me les enduc jo, són la meva garantia...

L'Anna va fer un gest de dolor, com si li hagués pegat un cop de puny. Havia interpretat malament les meves paraules, però no hi havia temps per a rectificacions. La vaig empènyer cap al lavabo, amb la bossa de platja nova que havia comprat i que contenia la seva roba vella.

—Adéu! —li vaig dir.

I em vaig ficar a la cuina de l'establiment. Una dona grassa, amb un davantal greixós, feia netes unes cassoles, mentre un home panxut, calb i en samarreta, preparava uns llagostins. Tal com m'havia imaginat, la cuina donava a un pati, ple de llaunes buides, galledes d'escombraries, caixes de refrescos i uns bidons de gas-oil. Al fons del pati, una porteta, pintada de verd, amb un passador que la mantenia tancada. Vaig fer lliscar el passador i vaig obrir la porteta. S'obria a un carrer, amb cotxes aparcats a banda i banda, apartaments, botigues de queviures i un sol de migdia que enlluernava.

Retallat contra el sol, a l'entrada del carrer, hi havia el sudaca. El ganivet que empunyava semblava un argent viu.

SIS

El Rodríguez tenia un ganivet, sí, però jo encara tenia la pistola del Moro. I per més destre que fos ell en l'ús del llampant, no hi ha com una bona foscam. No hi havia ningú en aquell moment al carrer. I no es tractava de fugir, sinó d'atreure els pinxos del Ferrandis i donar temps a l'Anna perquè pogués sortir del bar i posar-se en contacte amb el mariner de la llanxa.

Així és que vaig amartellar l'arma. Era un revòlver de canó curt i no feia gaire impressió. Potser per això el sudaca no va semblar massa commogut. M'hi vaig atansar de dues gambades i el vaig encanonar.

—Quiet, argentí... No et moguis. —La meva veu no va sonar gaire convincent. Més aviat era un rogall xafallós que pronunciava malament les vocals castellanes.

De totes maneres, el sudaca es va quedar quiet, amb el ganivet apartat del cos, el barret de palla sobre els ulls, tens com un fil de pescar.

—Desa't l'eina i digues-me on són el Monsonís i el Gomis... Vull parlar amb vosaltres.

Ostensiblement vaig ficar l'arma a la bossa que duia penjada i vaig mantenir la mà a l'interior. El sudaca va plegar el llampant i se'l va ficar a la butxaca.

—Vine.

El vaig seguir. Vam girar el cap de cantó. El Gomis era a la porta del bar. Vaig suposar que el Monsonís seria a dintre, esperant que l'Anna sortís del lavabo.

—Diu que vol parlar amb nosaltres... Té un ferro —va dir el Rodríguez al tortosí.

—On és el Monsonís? —vaig preguntar.

—Amb la xica —em va contestar el Gomis.

—Doncs crida'l.

—I la mossa?

—Deixa-la tranquil·la. No té res a veure. Tinc les joies, jo! —i vaig fer dringar la pistola contra la bijuteria de la verge.

El camell va entrar al bar, va trigar uns segons i va sortir amb el Monsonís. Jo sabia que ell era el

cap de la partida. S'ocupava dels morosos del Ferrandis i era un manso d'avaria amb més d'un mort a l'esquena. Sovint, en les vetllades *familiars* que organitzava el *pied-noir*, s'agradava de pressumir de les seves violències. En veure'm es va congestionar. Per tranquil·litzar-lo, vaig deixar-li mirar el revòlver. Ho vaig aconseguir.

—Vull veure l'amo —vaig etzibar-li.
—Ara?
—Sí, ara.
—No val la pena.
—Que ho decideixi ell, Monsonís. Tinc les joies i tinc una pistola. I tu? Què tens, tu?
—Som tres. La bòfia et busca a tu, no a nosaltres. T'has carregat el Moro i has deixat mig fotut el Mike. Aquests són els nostres arguments. Ah! I la xiqueta que hi ha al lavabo del bar. Te pareix poc?
—Teniu cotxe?
—Sí.
—Anem-hi. Vull proposar-li una cosa a l'amo. Que ell decideixi.
—I la noia? —va intervenir el sudaca.
—Deixeu-la estar. No hi té res a fer, amb nosaltres.
El Monsonís va reflexionar un moment. Es va encongir d'espatlles i va dir als altres dos.
—Està bé. Portem-lo a veure l'amo:
Havia guanyat la primera mà.

* * *

Tenien el cotxe aparcat prop de la platja. Havien vingut en el vehicle de luxe: un Aiga americà que feia dues cantonades de llarg, amb canvi automàtic i aire condicionat. Els vaig fer pujar tots tres al davant. Conduïa el Gomis. Jo, al darrera, m'hi perdia.
—No feu bromes. Tinc la pistola i estic desesperat. No em faria res foradar-vos una mica.
S'ho devien creure, perquè em van obeir. Un cop dins el vehicle, vaig treure la pistola de la bossa i els vaig encanonar.

—Anem.

Vam sortir de Dénia.

—A Ondara hi havia un control dels civils. No ens convé topar-hi.

—No et preocupes —em va dir el Monsonís.

Hi topàrem. Vaig dissimular la pistola i vaig preparar-me a disparar.

D'una banda estava content, perquè l'Anna hauria pogut sortir del bar i posar-se en contacte amb en Bernat, el patró eivissenc de la llanxa. No sabia, però, com desfer-me dels tres andoves i tornar a Dénia. Semblava que havien acceptat de dur-me a veure l'amo. Malgrat tot, sabia que no me'n podia refiar. El que no comprenia era com s'havien ficat en el parany dels civils. Tan responsables eren ells com jo mateix, del robatori. A mi em buscaven, cert, però si trobaven les joies, tots quatre havíem begut oli.

El Gomis va reduir velocitat, es va posar a la cua i va esperar que ens toqués el torn.

Jo suava.

Un civil, amb la metralleta penjada al coll, se'ns va acostar. Va mirar per la finestrella. Va reconèixer el Monsonís. Va somriure. Monsonís li va dir alguna cosa de la calor, el civil va respondre, es va alçar, va fer un gest amb la mà als seus companys i el Gomis va engegar, va sobrepassar dos cotxes aturats que eren registrats pels de verd, va fer adéu amb la mà a dos números que ens van tornar el senyal i vam emprendre el camí com si res.

—Hi tens de bo, eh?, amb els civils... —vaig comentar.

No vaig obtenir resposta.

El cotxe, silenciós, confortable, fàcil de maneig, entrava a l'autopista, camí d'Alacant. Tenia cent vint quilòmetres per endavant per tal de trobar una solució al meu problema: con desfer-me dels tres pinxos. La pistola era un ajut, però no decisiu. Si disparava ens n'aniriem al carall tots quatre. I amb amenaces soles no hi podia fer res. M'havien obeït perquè, en el fons, els interessava obeir-me. Si els donava una ordre que contravingués els seus designis, se la passarien per alt. Havia d'imaginar algun sistema. I hauria de ser aviat, si volia acudir a la cita de les sis.

—Digues, Enric.. Què hi feies, a Dénia? Ens pensàvem que hauries tocat el dos cap a Barcelona...

Era el Monsonís. Parlava sense girar-se'm.

—Ja m'hauria agradat veure't, a tu, empaitat pels civils, per vosaltres, pel sursum corda...

—Deus estar cansat... Per què no dorms una mica? —hi havia ironia en la seva veu.

—I vosaltres, aleshores, aprofitaríeu la meva becaina i us quedaríeu amb les joies, amb la pistola i em faríeu la pell, oi?... He dormit molt bé, aquesta nit.

—No se't nota, xiquet.

—Au, Monsonís, calla i mira el paisatge. Quan vulgui clapar ja t'avisaré.

El silenci només va durar un minut.

—L'amo està molt emprenyat amb tu —va dir el Gomis.

—Ja se li passarà.

—Com t'ho penses fer?

—Tinc les joies. I la pistola.

—I nosaltres et tenim a tu.

—Aquest és el vostre problema, nois. Si no feu bondat, dispararé. Ja us he dit que estic desesperat i tant me fot una cosa com l'altra. I si no us ho creieu, pregunteu-li al Moro. Si és que us pot contestar.

Volien fer-me la guerra de nervis. Se sentien tan segurs que no els preocupava gens que perdés els estreps i engegués un castell de focs artificials.

Per més que hi pensava, no se m'acudia res. I a la velocitat que circulàvem, cada cop m'allunyava més de l'Anna i de la possibilitat d'acudir a la cita de les sis.

El sudaca, que anava a la banda de la finestrella, es recolzà al seient i es posà a cantussejar.

Em vaig abocar endavant i vaig moure el retrovisor interior, enfocant-lo de manera que li veiés les mans. No estava disposat a deixar-me sorprendre pel ganivet.

—I ara jo... com condueixo? —va protestar el tortosí.

—Tens el retrovisor exterior, Gomis. No el toquis.

L'aire condicionat del cotxe funcionava de meravella i els vidres fumats filtraven l'espetec del sol. Vaig consultar el rellotge: era la una. L'autopista anava plena de gamarussos que buscaven un racó d'arena per passar les vacances. Els vaig envejar.

Els cartells de l'autopista indicaven un peatge. I se'm va acudir un sistema d'escapolir-me de la meva companyia forçosa.

El Gomis, prudent, seguia les instruccions de reduir la velocitat. Noranta, vuitanta, setanta... Hi havia dos o tres cotxes en cadascuna de les taquilles del peatge. Vam fer cua, rera un Mercedes amb matrícula alemanya. Vaig donar una llambregada a la finestrella de darrera. Un Opel, amb matrícula francesa, s'havia col·locat darrera nostre. Era l'oportunitat que esperava.

D'una revolada vaig obrir la porta de la dreta,

vaig saltar del vehicle amb les bosses de plàstic i la pistola a la mà. Vaig sentir crits, però no en vaig fer cas, eren les veus del Monsonís, del Gomis i del sudaca. Vaig córrer entre els cotxes, vaig saltar la separació de l'autopista i vaig passar a la banda dels cotxes que anaven d'Alacant a València.

Hi havia una furgoneta DKV que pagava el peatge, en el primer control. En el segon, hi vaig veure un Volkswagen amb matrícula suïssa. Vaig obrir la portella del darrera. No hi havia el fiador posat. M'hi vaig entaforar, vaig mostrar l'arma al conductor, un xicot amb barba, vermell com un perdigot, i li vaig etzibar en francès.

—Tranquil. No et passarà res. Engega a tota pastilla.

Va dubtar un segon. Però el tacte fred del canó del meu revòlver aplicat al seu clatell va fer el miracle de retornar-li la seguretat. Va sortir amb un grinyol de pneumàtics.

Al seu costat hi havia una xicota, rossa com ell, vermella com ell, que no parava de xisclar. Al seient del darrera, al meu costat, bordava un cocker spaniel, rodanxó i ros com els seus amos.

—Calla d'un cop! —vaig cridar a la noia.

Estava perdent els nervis, jo, i hauria estat capaç de qualsevol cosa. La suïssa ho devia endevinar pel meu to de veu, perquè va callar en sec. El gos, no. Va intentar mossegar-me. Li vaig clavar un cop de canó al cap i va caure rodó al seient del cotxe.

L'agulla del comptaquilòmetres passava dels cent i ja arribava als cent vint quan vaig descobir que l'aiga del Monsonís feia una maniobra i, aprofitant que als peatges els dos canals de les autopistes només estan separats per unes cintes de plàstic, amb una mena de boles de colors blanc i vermell, canviava de sentit, empaitant-nos.

Era evident que ens atraparien aviat. El Volkswagen no donava més de si i el cotxe americà podia assolir els dos-cents. A més, el Gomis era molt més bon conductor que el xicot suís, acoquinat, que no entenia res del que li passava.

—Accelera! —li vaig cridar, per damunt del soroll del motor, conscient de la inutilitat d'aquella ordre.

L'Aiga s'acostava inexorable, com una maledicció. Sabia que, a més del ganivet del Rodríguez, els meus perseguidors duien armes de foc. Probablement no intentarien disparar-me des d'aquella distància. Suposava que mirarien de posar-se a la nostra alçada i aleshores tirarien a cor què vols.

M'havia equivocat de cotxe. És clar que en aquell cony de peatge no n'hi havia gaires per triar. Però és que en les meves circumstàncies, els errors es paguen cars.

Fèrem uns quants quilòmetres, en aquell joc del gat i la rata. Els suïssos no m'emprenyaven, ara. Ell, massa preocupat per mantenir el cotxe a l'autopista, ella, tota plorosa, havia recollit el gos i l'acaronava. L'animal tenia un trenc al cap i grinyolava llastimós.

Hi havia una sortida de l'autopista. El cotxe del Monsonís era a cinc-cents metres de nosaltres.

—Agafa la sortida!

Va reduir la velocitat i va posar l'intermitent. Era igual, el Gomis ja s'havia adonat de les meves intencions.

—No redueixis!

Va tornar a accelerar. Saltàvem com si anéssim en tartana. Hi havia un peatge, a la sortida.

—No t'aturis, trenca la barrera!

Vam petar-hi de ple. La fusta de la barrera ens va colpejar el capot i es va fer miques. D'esquitllentes vaig veure el controlador que movia els braços i obria la boca. No el vaig sentir de res.

Els nostres perseguidors també van haver de reduir, amb la qual cosa vam compensar una mica la distància.

Vam sortir a la carretera com uns esperitats, obligant una furgoneta dos-cavalls a fer una maniobra en fals que la va treure de la carretera. Un Seat que venia de cara va topar amb ella. Malgrat la velocitat vaig sentir l'espetec de la pinya. Pel vidre del darrera vaig veure com l'Aiga frenava, patinava i quedava entravessat. Però el Gomis era un bon conductor i ben aviat va redreçar el seu vehicle i va prosseguir la persecució. Semblava que la sort m'havia abandonat definitivament. L'única possibilitat que em quedava era la d'abandonar el Volkswagen abans que els altres se n'adonessin. Però els duia encastats al cul i de moment no hi havia res a fer.

Creuàrem Gata. Hi havia parades d'estores i senalles de cànem i vam espantar-ne la clientela. Preníem els revolts massa arranats, i els turistes que badocaven ens imprecaven.

Vaig veure, a mà esquerra, una carretera de segon ordre que s'internava cap a les muntanyes. Vaig indicar al meu xofer involuntari que s'hi fiqués. El barbut devia estar molt esmaperdut perquè, sense encomanar-se ni a déu ni al diable, va girar el volant. Un autocar que venia en sentit contrari va haver de frenar, amb tot de grinyols de gomes i concert de clàxon. No ens va esclafar d'un pèl. El cotxe dels homes del Ferrandis, però, no va tenir tanta sort:

quan va fer la maniobra per seguir-nos, va picar amb el morro contra l'autocar. Malgrat el xoc no es va aturar. Amb el far de la dreta tot rebregat va continuar la persecució.

Havíem guanyat una mica de distància.

Em vaig deixar caure al seient, desfet. Tenia la cara xopa de suor i l'estómac tornava a fer-me la guitza. Em vaig prometre que, si sortia d'aquella, mai més no pujaria en un cotxe. Però primer n'havia de sortir. I els meus perseguidors tenien tots els números de la rifa al seu favor.

A uns nou o deu quilòmetres de la trenca hi havia un poble: Llíber. Hi vam passar com una exhalació. El suís s'havia tranquil·litzat una mica i ara conduïa més relaxat, sense reduir l'acceleració constant del cotxe. A un parell de quilòmetres vam entrar en una altra població. Era Xaló, una mica més gran, amb botigues i voltada de vinya i d'horts de fruiters. Allí la carretera es bifurcava. La comarcal continuava cap a Alcanalí i hi havia una mena de pista asfaltada que, segons la indicació, menava a la serra de Bèrnia.

Recordava haver-hi estat. Una serra alterosa, de més de mil metres d'altitud. Un cul-de-sac, sí, però útil per al pla que s'anava formant al meu cap. Així és que vaig indicar al suís que seguís la pista.

Els revolts m'ocultaven, de tant en tant, el cotxe del Monsonís. La distància entre nosaltres era constant. El seu motor era més potent, però per aquelles costeres no els servia de res: si corrien més s'haurien estavellat. El Volkswagen s'enfilava bé i el xicot de la barba semblava conèixer la conducció de muntanya. Vaig encendre un cigarret i li vaig explicar què era el que volia que fes. Li ho vaig fer repetir per tal de comprovar que m'havia entès.

La possibilitat de desempallegar-se de mi l'havia animat de sobte, i es mostrava disposat a col·laborar sense necessitat de fer-li pessigolles al clatell amb el canó del revòlver. En un dels revolts, fora de la vista del cotxe dels homes del Ferrandis, el suís va reduir la velocitat. Vaig obrir la porta i vaig saltar. Quan es va veure lliure de mi, va accelerar de bell nou.

Tot i que el cotxe havia reduït molt la marxa, vaig fer una mala caiguda. Vaig sentir una estirada al pit que em va tallar la respiració. Em vaig incorporar amb dificultat i em vaig amagar rera unes mates. El cotxe americà del Monsonís entrava, en aquell moment, a la corba on m'havia tirat del Volkswagen. Em va passar a frec. Des del meu amagatall, amb les costelles adolorides i els ulls plens de llàgrimes, vaig distingir la cara del Gomis. El Monsonís assenyalava endavant, amb un gest autoritari.

Els havia despistat, un cop més.

No per gaire temps, però. M'imaginava el que passaria. Aquella pista no tenia sortida i, tard o d'hora, els homes del Ferrandis trobarien els dos suïssos. Si és que el de la barba continuava corrent. Sense la presència convincent de la meva pistola, l'home s'estimaria aturar-se i enfrontar-se amb els perseguidors. S'ho passarien malament, la parella aquella. Coneixia els sistemes del Monsonís. Els obligaria a indicar-los el lloc exacte on m'havia escapolit del seu cotxe. Això em donava un marge de cinc o deu minuts. Tenia l'arma, però, i sis bales. Vaig posar-me dret i vaig començar a enfilar-me muntanya amunt. La meva posició, així, sempre seria més bona per a disparar que no la seva.

El dolor del patac a les costelles augmentava amb l'ascenció. Vaig mirar el rellotge: eren les tres. La cita a les sis que havia convingut amb l'Anna era impossible, ara ja. Em caldria intentar-ho al Grau de València, demà, o si no, arribar-me a Castelló, aconseguir transport fins als Columbrets i esperar allí que aparegués la llanxa.

Trobava a faltar la noia. Aquells tres dies que havíem passat junts m'havien acostumat a la seva presència. I ara la necessitava més que mai.

No podia més. El dolor era insuportable i em feia venir rodaments de cap. Em vaig asseure entre dues penyes, em vaig treure el niqui i em vaig palpar el pit. Localitzava el focus del mal, a l'esquerra, exactament entre el diafragma i el mugró. En una de les bosses duia els pantalons vells. Els vaig esquinçar amb les dents i em vaig fer tires per tal de poder-me embenar el costellam.

Un cop subjecte, el dolor va minvar. Em vaig incorporar. Respirava millor. Vaig prosseguir l'ascenció.

Feia una calor enganxosa, humida, que em xopava de suor. Tenia set. La pols se m'aferrava a la gola. Hauria canviat de bon grat, el contingut de les bosses de plàstic per una cervesa gelada.

Des d'on era distingia la pista, però no hi havia ni senyals dels dos vehicles. Potser, al cap i a la fi, el suís havia seguit les meves instruccions i no s'havia aturat a esperar els seus perseguidors.

Vaig seure una estona, amagat rera unes alzines. Vaig fumar un cigarret però el tabac era amarg i encara em va fer venir més set.

La solitud del lloc em pesava com una llosa. Sóc home de ciutat, pels carrers em sento ple de recursos, capaç de qualsevol cosa. Aquella caminada per la muntanya, a ple sol, masegat i adolorit, era una prova massa forta per a mi. Quan ja feia una hora llarga que caminava, vaig decidir tornar enrera. Si camp a través podia arribar fins a Xaló o creuar a l'altra banda de la serra i sortir a Tàrbena, robaria un altre cotxe i intentaria arribar a València. Els homes del Ferrandis ja no em podien trobar, en aquella xarxa de fondalades, gorgs, penyes i alzinars. Els havia perdut. O, millor dit, m'havia perdut jo mateix.

* * *

Em van trobar a les sis tocades. Com s'ho van fer, no ho sé. Potser havia deixat tot de senyals que jo era incapaç de veure i que uns ulls més avesats que els meus —els del sudaca, tal vegada?— havien anat esbrinant com si fos un llibre obert. Els vaig descobrir abans que ells no em veiessin. I vaig cometre un error imperdonable: els vaig engegar un tret. Tinc l'excusa de la calor, del cansament i de la set, suposo. De fet, però, no hi valien excuses. Vaig perdre una bala i els vaig indicar on era. La seva resposta va ser immediata. Van disparar-me una pluja de bales, des de trets llocs diferents. L'explosió dels trets, a camp obert, és més aviat ridícula. No sembla gens perillosa. Allò que us indica un perill cert és el xiulet de les bales o el gemec que fan quan freguen una roca.

Tenien bona punteria.

Em vaig llançar de cap rera unes penyes, entre argelagues que m'esgarrinxaven els braços i pedres que se'm clavaven als colzes. No valia la pena disparar. A aquella distància, la meva arma era perfectament inofensiva. Tampoc no em podia moure perquè, en canvi, les seves ferramentes tenien més abast.

Vaig somriure pensant que aquella situació era absurda. Ni jo era *El Coyote*, ni la serra de Bèrnia era les muntanyes de Califòrnia, ni els homes del Ferrandis eren uns bandits ianquis. La cosa feia riure, ho reconec. Però les bales eren de debò, i el seu xiulet, més aviat sinistre.

Suposo que el fet que no sabessin de quantes bales disposava els va fer ser prudents. M'imagino que ells també pensaven que era una situació ben bèstia. Em tenien localitzat però no gosaven apropar-se. Vaig recordar vagament velles pel·lícules de la sèrie B, vistes en tardes de campana de col·legi, i em vaig empescar que, mentre dos d'ells m'entretindrien a trets, l'altre miraria de fer un tomb i caçar-me desprevingut. La disposició del terreny els era favorable per a una maniobra d'aquestes característiques. Aleshores em vaig decidir a actuar: si venien em trobarien preparat. A uns cent metres de les penyes que em protegien, hi havia un avenc cobert de mates. Tot i el mal que tenia al pit, m'hi vaig arrossegar com vaig poder, calculant cada moviment per tal que no em veiessin des de les seves posicions.

Vaig arribar a l'esvoranc després de mil punxades al pit i uns quants centenars d'esgarrinxades d'arços i argelagues. Des de la meva nova posició, distingia el sudaca, mig amagat rera unes pedres. Vaig pensar a disparar-li, però la por d'errar el tret i de descobrir inútilment la meva nova situació em va aconsellar deixar-ho estar.

Eren les set, el sol encara era alt i fins que fes fosca tancada encara faltaven tres hors bones. Sabia que no ho podria resistir.

La mica de vent que feia em va donar una idea. Vaig comprovar que l'airet bufava en direcció on hi havia el sudaca i, probablement el Gomis. Això suposant que el Monsonís intentés sorprendre'm.

Les mates estaven molt seques. Vaig agafar uns quants buscalls, vaig encendre'ls amb l'encenedor de gas i els vaig llançar pendís avall.

Aquesta maniobra va descobrir-los el meu amagatall. La seva resposta va ser contundent: les bales s'estamparen contra l'entrada de l'avenc. Una esquerda de pedra em va ferir la galta. I per entre les flames que començaven a alçar-se, vaig disparar contra el Rodríguez. No vaig tenir ocasió de comprovar si havia fet punteria: una fumassa espessa i ofegadora es va aixecar pertot.

* * *

Ara ja no havia de fugir dels meus tres perseguidors. Havia de fugir de l'incendi. Perquè les flames aïllades s'havien convertit en un veritable incendi. L'únic avantatge de la meva acció era que el Monsonís, el Gomis i el Rodríguez, si és que no l'havia ferit, tenien altres problemes que percaçar-me: les seves vides, com la meva, perillaven.

El fum era el pitjor. El vent, capriciós, ara l'empenyia cap a una banda, suara cap a l'altra. I amb el fum, les volves de cendra calenta que em queien damunt. L'aire s'havia fet irrespirable i la calor era la de l'infern.

Em vaig posar el mocador a la boca, vaig desar la pistola en una de les bosses i vaig córrer muntanya amunt. Recordava les instruccions que, com cada estiu, publicaven els diaris: en cas d'incendi, no baixeu mai a les fondalades, enfileu-vos fins a la carena de les muntanyes.

El fum tapava el sol i ja no hi havia ni amunt i avall. Tot em semblava ben igual. Les cames continuaven movent-se, sense que jo les pogués dirigir. Em faltava l'aire i aquella calor espantosa em socarrimava la pell.

Els arbres explotaven com si fossin coets. Com les palmeres de la nit de l'albada d'Elx. I entre les flames que em voltaven, a l'altra banda del senderol, vaig veure l'Anna que em cridava. Duia el vestit blanc i movia els braços. Se la veia fresca, com si el foc no gosés ni llepar-li els peus. M'hi vaig voler acostar perquè sabia que al seu costat no correria cap mena de perill, però una columna de foc va brollar dels meus peus i em va impedir que continués avançant.

No podia respirar. La meva única sortida era ajeure'm a terra, que estranyament era plena de molsa humida, i entaforar-hi el cap. Trobaria un bri d'aigua, una mica de frescor, un alleujament per a les cremades que se m'escampaven per tot el cos. La molsa no era verda, sinó grisa, però tot i la color tan poc habitual, sabia ben bé que era molsa.

Els genolls se'm van doblegar. Vaig caure de bocaterrosa. I vaig perdre el món de vista.

SET

La molsa, ara, havia esdevingut blanca. I trontollava lleugerament, amb un bressoleig relaxant que desfeia les volves de cendra i esbandia el fum, tot fent que l'aire fos fresc i respirable.

L'Anna no hi era. El vermell d'abans se l'havia empassada i no me la volia tornar. Malgrat el mal que em feien les costelles, la frescor de l'aire m'alleujava els pulmons. Tenia son, molta son, una son immensa que em feia estremir fins a la punta dels dits dels peus.

Però no podia obrir els ulls. I era una llàstima, perquè m'hauria agradat comprovar si la molsa tornava a ser verda. Sentia el seu tacte agradable als braços. Una veu castellana, sense cap propietari, va dir al meu costat:

—L'has identificat?

I una altra veu, femenina, també en castellà, va respondre:

—Duu una cartera a la butxaca dels pantalons. Vols que la miri?

—No cal. Quan arribem a Gandia ja farem la inscripció com toca... Són greus, les cremades?

—No. Només té els braços socarrimats. Quan li tregui la màscara el despullaré i l'examinaré a fons. Amb aquests sotracs no hi ha manera.

Vaig obrir els ulls.

La molsa s'havia convertit en l'interior d'una ambulància. Duia una màscara d'oxigen a la cara i una noia jove, amb l'uniforme de la Creu Roja, m'aplicava una pomada als braços. Parlava amb el conductor del vehicle, a través de la finestrella que separava la cabina del conductor del receptacle d'atencions de primera urgència.

Em vaig retirar la màscara i, amb un fil de veu, vaig preguntar a la noia:

—On sóc?

En una ambulància de la Creu Roja, camí de Gandia... Com se troba?

—Ara bé... I les bosses?

—Són aquí.

—Què ha passat?

—Hi ha hagut un incendi. Els bombers d'Icona l'han trobat desmaiat, prop del foc. Estava mig asfixiat. L'han rescatat i ens han avisat.

—Hi ha més víctimes?

—Que no anava sol?

—Sí, sí... Pensava en altres excursionistes...

—Han pogut dominar el foc?

—No, encara no.

No duia el rellotge.

—Quina hora és?

—Les nou... I ara procuri descansar. Aviat arribarem.

Em va tornar a posar la màscara d'oxigen i va continuar aplicant-me l'ungüent als braços.

Pel to de veu, vaig comprendre que no havien regirat les bosses i, per tant, no sabien amb qui se les havien. Però no em podia permetre el luxe que m'ingressessin en un hospital. Havia de tocar el dos a la francesa abans.

Vaig tancar els ulls i vaig inhalar fort l'oxigen. Els pulmons ja no em feien mal i el rodament de cap m'havia passat del tot. Només tenia gana i set. I una mena de satisfacció sorda d'haver sobreviscut, de tenir les joies, encara, de pensar que, a hores d'ara, el Monsonís, el Gomis i el sudaca eren un munt de cendra i que l'Anna navegava en la *Falaguera*, camí de València.

Em devia condormir, suposo, perquè no em vaig adonar que èntravem a Gandia. Va ser la infermera de la Creu Roja la qui em va despertar.

—Ja arribem. Ara el podrem examinar i veurem com se troba. Haurà d'omplir uns papers i, segurament, la guàrdia civil l'interrogarà per saber com va començar l'incendi...

Vaig fer que sí amb el cap.

La noia se'm va girar d'esquena per arranjar la pomada i el cotó-fluix a la farmaciola de l'ambulància. Vaig aprofitar per treure'm la màscara d'oxigen i per incorporar-me.

Al costat de la llitotxa, hi havia les meves sabatilles i les dues bosses de plàstic. Vaig estirar el braç, vaig agafar una de les bosses i la vaig obrir: ningú no havia tocat les joies. Ni la pistola.

Resignat amb el meu destí, vaig engrapar l'arma i la vaig amartellar. Quedaven quatre bales.

—No et moguis, noia.

Es va moure. Just per girar-se i mirar la pistola. La seva cara va demostrar que havia vist la pistola i que entenia el gest. Li vaig tapar la boca amb la mà, per ofegar el crit que li pujava.

—Estira't a la llitotxa.

S'hi va estirar. La vaig lligar amb les corretges de seguretat, vaig improvisar una mordassa amb cotófluix i unes benes, em vaig calçar les sabatilles, vaig esperar que el vehicle deturés la marxà, vaig obrir les portes i vaig abandonar l'ambulància, sense que el conductor se n'adonés.

Érem just a l'entrada de Gandia. L'ambulància s'havia aturat davant d'un semàfor en vermell. El conductor del cotxe que se li havia aturat al darrera, en veure'm baixar, va fer cara de sorpresa. Tant m'era. Uns minuts després em confonia amb la gernació que prenia la fresca pels carrers de la ciutat.

* * *

Socarrimat de cabells, amb la roba espellifada i mascarada, amb els braços untats de pomada i les dues bosses de plàstic al coll, no era estrany que els gandiencs que omplien les voreres em miressin com si fos un extraterrestre.

Vaig buscar, per tant, carrerons amb poca llum i poc trànsit i vaig caminar enganxat a les parets.

Estava cansat però eufòric. Un cop més, la sort em venia de cara i em calia aprofitar-la.

Coneixia poc la ciutat —només hi havia estat una vegada, mesos enrera— i sabia cert que n'havia de fugir com de la pesta. Dintre de pocs minuts, a l'hospital, descobririen la infermera lligada, farien deduccions sobre la meva personalitat i tota la bòfia de la ciutat em buscaria. I no era pas tan gran com per poder-m'hi amagar. De totes maneres, el fet de trepitjar carrers empedrats i veure cases, botigues i gent, era d'allò més agradable després de les dues caminades consecutives per muntanya.

Tenia gana i set, però això, ara, no era important. Em calia sortir de Gandia. Recordava l'estació del tren i una xarxa de vies mortes que servien per a carregar les taronges que sortien de la vila, camí d'Europa. Si podia agafar un tren de mercaderies, d'estranquis, és clar, arribaria a València sa i estalvi, podria buscar un lloc per passar la nit i l'endemà, a les dotze, acudir a la cita del Grau.

La proximitat de la meva fita em provocà un lleu tremolor i una punyida a l'estómac. Havia de ser més prudent i més caut que fins ara. Havia comès molts errors i no podia repetir-los. Vaig pensar en l'Anna. Si era cert el sentiment que em demostrava, la pobra noia a hores d'ara deuria estar patint. Em sabia greu haver-la insultada, quan ens separàvem, amb allò de les joies. De bon grat les hi hauria donades, però havien estat el meu atot, per tal de convèncer el Monsonís que em dugués a veure el Ferrandis i així allunyar els tres homes de la noia. El record dels tres perseguidors em va dur a pensar en l'incendi, en les flames sobtades, l'explosió dels arbres, les volves de cendra i la fumassa espessa que m'ofegava.

Què els havia passat? La infermera de la Creu Roja m'havia assegurat que els homes d'Icona no havien trobat ningú més. Havien mort? S'havien pogut salvar?

Si s'havien salvat, s'haurien posat en contacte amb l'amo i ara ja sabrien que els bombers forestals m'havien rescatat del foc. Amb els contactes que tenien, no trigarien gaire a assabentar-se que jo era a Gandia. Per tant, no només havia de fugir de la policia, sinó que havia de fugir, també, dels homes de Ferrandis, molt més perillosos.

Vaig arribar a la via fèrria. Al rellotge de l'estació vaig veure que eren dos quarts i mig d'onze. I, efectivament, hi havia vies mortes amb vagons de càrrega mig desballestats que m'oferien un amagatall segur.

* * *

Tan segur va resultar l'amagatall que havia triat, que em vaig adormir com un soc. El cansament, les dues nits de trescar amunt i avall, la nit de l'albada... Tot plegat, suposo, em va fer tancar els ulls i afonarme en un pou sense fons, ple de malsons i de cares desdibuixades que em cridaven coses incomprensibles.

Em van despertar la gana i la set. Feia quinze hores que no menjava res i que no bevia ni un glop d'aigua. Les cremades del braç em feien mal i sentia una punyida fonda, al ritme de la respiració, al costat esquerre.

Vaig sortir de l'amagatall, amb totes les precaucions. No em calien, però, perquè no hi havia ningú. Suposo que la policia em buscava o bé pels carrers de Gandia, o bé camí de València. La idea del tren havia donat un bon resultat. Però no volia dir blat fins que fos al sac i ben lligat: a Dénia havia cantat victòria abans d'hora.

Vaig tornar a l'amagatall i vaig encendre un cigarret. El fum del tabac, en dejú, em va fer venir una basca. Vaig apagar el cigarret amb precaució —el foc em terroritzava— i vaig resar perquè passés, i s'aturés, un comboi de mercaderies. No volia que el nou dia em trobés a Gandia.

No hi crec gaire, en coses divinals, però el cert és que el meu prec va ser atès. Gairebé una hora després d'haver-me despertat, un tren entrava a l'estació i reduïa la marxa. Sense esperar que s'aturés del tot, no fos cosa que passés de llarg, em vaig penjar de l'estrep d'un vagó, vaig fer lliscar la porta corredora i em vaig entaforar en un recinte fosc i pudent, estibat de caixes.

* * *

Vaig arribar a València a les tres. Abans que el comboi entrés a l'estació, vaig saltar del tren. La sort no m'abandonava: no em va veure ningú.

Vaig caminar per les vies fins arribar a l'andana. No hi havia cap vigilant a la vista i vaig poder passar al vestíbul de l'estació, sense més problemes.

Vaig anar de pet als lavabos.

Feien fortor d'orins i de suor i estaven embussats. Però l'aigua de les aixetes dels rentamans era potable i a mi em va semblar el millor whisky d'Escòcia. Un cop apaigavada la set, em vaig mirar al mirall. El meu aspecte era desastrós. Tenia les celles socarrimades i el cabell ple de cendra. El niqui que m'havia comprat a Dénia estava esquinçat davall el braç i en un costat, i duia els braços untats de pomada i de sutge.

Em vaig treure el niqui. Les benes que m'havia posat al pit s'havien afluixat i me les vaig treure. El dolor a les costelles era intens. Em vaig rentar com vaig poder i vaig usar les restes del niqui com a tovallola. A la galta dreta hi tenia un tall, produït pel rebot d'una bala, amb una mica de sang seca. D'una de les bosses de plàstic em vaig treure la camisa d'estiu bruta que m'havia canviat a Dénia i me la vaig posar.

Les cremades dels braços no eren res de l'altre món: la pomada que m'havia posat la infermera de la Creu Roja havia amorosit l'erosió i havia impedit que se m'hi fessin butllofes. En fregar-me els braços, però, per treure'm el sutge, em vaig encetar una de les zones més perjudicades.

Finalment, amb la pinta, em vaig aclarir les celles i els cabells. De nit, i en una ciutat que m'imaginava deserta, a aquelles hores de la matinada, ningú no s'adonaria del meu aspecte. L'endemà, abans d'anar al Grau per trobar la llanxa, em caldria comprar-me més roba.

Un individu va entrar als lavabos. Era un home d'edat mitjana, calb, torrat pel sol, amb uns pantalons blancs i una caçadora de fil oberta. Lluïa un penjoll de fang vidrat al coll i una mena de posat estrany.

Després d'orinar, es va rentar polidament les mans. Al rentamans del meu costat. Em vaig adonar, de seguida, que no parava de mirar-me. De tot d'una vaig pensar que no fos un policia. Però l'olor de perfum que feia i els gestos amanerats em demostraren que no. A no ser que la bòfia, darrerament, llogués homosexuals.

Vaig sortir dels lavabos de l'estació i vaig creuar el vestíbul.

La nit valenciana era càlida, humida, i de l'asfalt del carrer de Xàtiva pujaven bafarades de calor. Em vaig aturar un moment, dubtant d'allò que havia de fer. Les pensions i els hotels m'estaven vedats. I passar-me tota la nit al carrer era perillós. Per sort coneixia la ciutat. Vaig decidir anar al barri del Carme, trobar un bar obert, fer un mos i veure si podia engalipar una garsa de darrera hora que m'oferís llit fins demà al matí.

Una veu, al meu darrera, ben modulada i en castellà, va dir:

—Estàs molt sol.

Em vaig girar. Era el marieta. Podia representar una solució.

—I tu també —li vaig respondre en català.

—Ets català? —va replicar ell, amb accent valencià.

—De Barcelona.

—Jo conec molt bé Barcelona... Hi tinc bons amics. Anem a prendre alguna cosa, em podríem parlar...

Tenia el cotxe aparcat al pàrquing de l'estació. Un Alpine blanc, descapotable, de l'any de la pera.

—On vols anar? —em va dir, un cop em vaig haver instal·lat al seu costat.

—On es pugui menjar alguna cosa. Fa hores que no rosego res.

—Conec un bar que encara estarà obert.

Conduïa com un foll, sense aturar-se quan tenia els semàfors en vermell. O estava molt excitat o era un exemplar perillós. Només em faltaria, ara, que em detinguessin amb un marica per haver-nos saltat un vermell!... No ens van detenir, malgrat tot, i vam arribar a una travessia del carrer de Cavallers, petita i fosca. Vam deixar-hi el descapotable tronat i ens vam entaforar en un catau que lluïa un rètol de neó, amb tots els colors de l'arc de Sant Martí.

Era una veritable cova de *loques*. La meva presència va provocar un silenci expectant entre les quatre o cinc parelles que feien manetes o es donaven el bec a mitja llum. El cambrer, que també era del ram de l'aigua, va besar el meu acompanyant a les galtes i em va mirar com si fos un semental.

—D'on l'has tret? —li va preguntar.

—De Barcelona.

—No sabia que eixos catalans tingueren un material de tanta qualitat... Com te dius? —em va preguntar.

—Rodolfo Valentino —li vaig contestar.

—Ai, no sigues així!... Què voleu prendre?

—Un whisquiet per a mi... Per al Valentino fes-li alguna cosa de menjar —va encarregar el meu protector.

—Menjar? A estes hores?

Se'n va anar remugant. Vam seure en una de les taules. Les altres parelles ja havien perdut l'interès per nosaltres i retornaven als seus afers.

—No ens hem presentat. Jo em dic Lluís. Sito, per als amics.

—I jo, Rodolfo Valentino..., si és que t'agrada.

—Vols mantenir l'anònim? —va riure amb una rialla esquerdada—. Ací tots som de confiança... I digues, què t'ha dut per València?

—Vaig a Benidorm, però se m'ha acabat el combustible —vaig improvisar.

—Pobret! Sort que m'has trobat! —va tocar-me la camisa i els braços—. I què t'ha passat? Has tingut un accident?

—Uns perdis, que es volien riure de mi i hi ha hagut bufetades!

—Ai, uix!

Va aprofitar el gest que havia encetat per acaronar-me la galta ferida. Em vaig enretirar i es va quedar amb la mà a mig aire, sense saber què fer.

—Primer vull endrapar.

—Sí, sí, xiquet, menja tot el que vulgues... Som amics, no?

Em vaig encongir d'espatlles. No havia fet mai de macarra d'un sarassa, però havia vist l'actuació d'algun especialista al «Billy's» i sabia quin pa s'hi donava. M'havia de fer el dur, tot i que em semblava patètic, estava cansat i em feia mal tot el cos.

El cambrer va tornar amb un whisky, un entrepà de pernil, amb el pa sucat amb tomàquet, i una cervesa.

Vaig devorar l'entrepà.

—Pareix que fa una mesada que no menges, Valentino! —em va dir la *loca* de la barra.

No en vaig fer cas. Vaig veure la cervesa i, un cop acabat el pa amb pernil, vaig encendre el darrer cigarret.

L'aliment m'havia retornat. Però aquell lloc em queia a sobre i necessitava un llit i una dutxa. Així és que vaig mirar de fit a fit el meu protector, vaig intentar una posa seductora i li vaig dir:

—Ens hem de passar tota la nit aquí?

—No t'agrada?

—M'estimaria més una mica d'intimitat.

Es va aixecar d'una revolada. Va pagar les consumacions i em va arrossegar fora del local.

Vivia en un pis nou del passeig del València al Mar. Va tancar el cotxe al pàrquing de l'edifici i es va entestar a pujar-me les bosques de plàstic. Les va engrapar i no volia amollar-les.

—Si vols que siguem amics, deixa-les estar, Sito! —li vaig dir amb to amenaçador. Les va deixar en sec.

Vam pujar amb l'ascensor fins al quart pis.

L'apartament estava muntat amb un cert gust, tot i el recarregament en les cortines i en les galindaines pageses que penjaven de les parets blanques.

Em va fer passar a una saleta encatifada, amb ràfia, amb un sofà de coloraines, una cadena d'alta fidelitat, un moble bar, ben proveït de tota mena de licors, un televisor a color i un munt de llibres. A les parets, nus masculins, emmarcats amb fusta blanca.

—Seu, et prepararé alguna cosa per beure.

—Abans m'agradaria dutxar-me. Faig una pudor que tapa els sentits.

Va fer un gest d'aprovació amb el cap i em va indicar el passadís.

—La porta de la dreta.

Vaig agafar les bosses, per precaució i, abans d'entrar al bany, vaig examinar la resta del pis. Ell havia posat música i vaig sentir el dringar d'ampolles, gots i gel.

A part del rebedor i la sala, hi havia un dormitori amb un mirall al sostre i un llit gram com una plaça de toros, una cuineta amb tot d'aparells electrodomèstics i un despatx, amb una taula de dibuix, papers mil·limetrats, plànols a les parets i molts llibres sobre interiorisme.

No hi havia ningú.

Vaig entrar al bany i vaig passar el pestell. Volia una estona de tranquil·litat.

* * *

Una hora després, net, fresc, afaitat i amb un batí de tovallola que vaig trobar rera la porta, sempre amb les dues bosses de plàstic a la mà, vaig sortir del bany i vaig tornar a la sala.

Sito m'esperava, impacient. S'havia canviat. Duia un quimono japonès curt, tancat a la cintura i unes sabatilles de judoka.

Havia posat l'*Stabat mater* de Pergolesi al tocadiscos i xarrupava un whisky amb gel. Al seu davant, en una tauleta baixa, hi havia un got amb els cubets de gel desfets i una ampolla de Johnny Walker, etiqueta negra.

Quan em va sentir, es va incorporar d'un bot.

—Em pensava que no acabaries mai! —em va renyar, amb to dolgut.

—Anava molt brut i he volgut afaitar-me.

Va allargar la mà per tocar-me la galta.

Vaig aprofitar l'avinentesa per posar les coses en clar: vaig treure la pistola de la bossa i la hi vaig ensenyar. Es va quedar blanc com la paret.

—No tinguis por, no et faré res. Només vull dormir una mica. Demà a les onze me n'aniré i no em tornaràs a veure. Digue'm, esperes algú, demà de matí? La dona de fer feines? Un amiguet? Un client?

Va fer que no amb el cap.

—Molt bé. Ara m'acompanyaràs a la cuina i em donaràs un tros de corda... Deus tenir corda, oi, a casa?

Va fer que sí amb el cap.

Vam anar fins a la cuina. Va obrir un armari de sota l'aigüera i em va donar un rotlle de corda de plàstic.

El vaig lligar com una salsitxa. El vaig fer tornar a la saleta, el vaig obligar a estirar-se al sofà i li vaig lligar els peus. Finalment, per evitar que cridés, li vaig posar una mordassa. Ara ja estava llest. M'esperava un llit, després de gairebé quatre nits del lloro. Només tocar el coixí vaig quedar clapat.

* * *

Em vaig despertar a les deu. Amb una boca pastosa i un mal insuportable a les costelles. Em vaig fer un cafè amb una cafetera italiana que hi havia a la cuina, i em vaig menjar un tros de pa untat amb mantega i confitura.

El meu protector s'havia adormit, fet un farcell, al sofà de la saleta. Millor, així no m'emprenyaria.

Vaig regirar els armaris. La seva roba em venia una mica justa, però com a mínim era neta. Amb una bena elàstica i una mica d'esparadrap em vaig fer una faixa que em protegís la carcanada adolorida. Em vaig posar uns pantalons vaquers, una camisa de màniga curta i vaig agafar, també, una jaqueta blava impermeable. Unes sabatilles de tennis van completar l'aixovar. Al sostre mort del bany vaig trobar una bossa de cuiro. Vaig posar-hi un parell de mudes de roba interior, dues camises, estris d'afaitar, un respall de dents, uns quants paquets de tabac i les joies. Unes ulleres de sol van enllestir el furt.

I les claus del descapotable.

A les onze en punt sortia del pàrquing, al volant de l'Alpine, amb la bossa de cuiro al meu costat i la pistola dissimulada entre la camisa i el pantaló. Tenia temps de sobres, però m'estimava més arribar d'hora i apamar el terreny, per tal d'evitar-me sorpreses desagradables.

La roba neta, la gran dormida i la proximitat de la cita —i de l'Anna— m'euforitzaven. Em sentia com un desenfeinat estiuenc que passeja per una ciutat que no li és desconeguda del tot.

Vaig pensar en el pobre homosexual a qui devia bona part de la meva situació actual. L'havia deixat tan ben lligat que difícilment s'escapoliria tot sol de les cordes. Hauria de fer alguna cosa. Quan la llanxa estigués a punt de partir, trucaria a la policia: ells s'encarregarien d'alliberar-lo i a mi tant m'era que m'identifiquessin.

El Grau de València sempre m'ha produït la sensació d'una ciutat diferent, amb els barris més vells i més bruts que no pas la ciutat pròpiament dita. Una mica com els voltatants del port de Barcelona: la Barceloneta, el passeig Marítim, el Poble Sec.

Feia un dia calorós i hi havia molta calitja que esblanqueïa la blavor del cel i esmorteïa el mar.

Vaig deixar el cotxe a l'aparcament, en un lloc autoritzat, amb les claus amagades rera el para-sol de la banda del conductor i la porta oberta.

Amb la bossa de pell penjada de l'espatlla, les ulleres de sol i la jaqueta blava al braç, semblava un mariner d'afició que es traslladés al seu iot.

Hi havia una mica de gent, sobretot estrangers, i alguns tripulants que anaven amunt i avall, ocupats en les seves feines. Ningú no es va fixar en mi.

Demà seríem a Eivissa, *mistress* Marlowe tindria les joies de la verge i jo els diners promesos. I l'Anna. I un passatge d'avió per anar a algun lloc d'Europa. Viena, per exemple.

Tenia ganes de tornar a veure Viena, de seure'm en una terrassa de bar i prendre'm una cervesa vienesa amb xampany. L'única vegada que havia estat a la capital austríaca, hi havia passat massa precipitadament. Trevallava per al Rodergues, aleshores, l'amant de la meva germana, que algú va pelar per un afer de tràfec de divises. No sé ben bé com, vaig pensar en el Romagosa. Quan tornés a Barcelona —si és que el robatori de les joies prescrivia mai— m'agradaria enfrontar-m'hi: els burgesos amb calé que no s'estan de res per conservar-lo sempre m'han fet la guitza.

Però Viena, *mistress* Marlowe i el Romagosa se'm van esborrar de cop de la meva imaginació.

Perquè, palplantat a l'andana del moll esportiu, com si m'esperés com la fatalitat, hi havia el Monsonís.

VUIT

El cel calitjós em va caure al damunt. Un cop més, tenint l'èxit a tocar de mà, se m'espatllaven els plans per culpa... de qui? Com sabia el Monsonís que la llanxa m'havia de recollir a les dotze a València? Més ben dit, com és que coneixia l'existència de la llanxa?

La cita havia estat establerta amb l'Anna, pocs segons abans que no ens separéssim, a Dénia. El Monsonís, el Rodríguez i el Gomis no havien parlat amb la noia. Qui m'havia venut? O era una pura casualitat, que fossin a les dotze a l'andana del moll?

Fossin? De moment, només havia vist el Monsonís. Pel que

semblava, el foc no li havia fet res. On eren el Rodríguez i el Gomis?

No em vaig aturar a mirar-ho.

Una espurna de sort havia fet que jo veiés el factòtum del Ferrandis i que ell no em clissés a mi. Vaig girar cua, vaig creuar el grup d'estrangers que es dirigien a un dels iots amarrats i vaig sortir del port esportiu.

Les idees em bullien al cap, però no hi havia manera de concretar-ne cap. Què faria, ara? El meu cos, sense el control del meu conscient, es va dirigir al cotxe de l'homosexual que havia deixat aparcat i obert, amb les claus a l'abast. D'una manera reflexa, m'hi vaig entaforar, vaig trobar les claus, vaig engegar i vaig sortir del lloc aquell com un esperitat.

Pel retrovisor vaig veure que ningú no em seguia. Vaig encendre un cigarret i em vaig tranquil·litzar. Una mica, només. El suficient per adonar-me del fotut de la meva situació. Quan la llanxa arribés, l'Anna seria reconeguda pel Monsonís, el pinxo lligaria caps i s'hauria acabat el bròquil. Si volia evitar-ho, em caldria fer alguna cosa i ràpid. Però, què? Vaig sospesar la situació: faltava mitja hora per la cita. Això no volia dir, de cap manera, que la *Falaguera* arribés puntual. Podria arribar abans o podria retardar-se una estona.

Vaig prendre una decisió ràpida.

Vaig tornar a l'apartament del Sito. El cotxe el vaig deixar al carrer. Sense que el porter em veiés, em vaig enfilar escales amunt. Duia la clau del pis a la butxaca, així és que m'hi vaig ficar sense problemes. Amb la pistola a la mà, no fos cosa que algú volgués sorprendre'm.

No hi va haver sorpresa, però. El sarassa continuava fet un bolic al sofà de la saleta, tal com l'havia deixat.

Vaig anar al telèfon. A la guia vaig trobar el número del Club Nàutic. Vaig compondre'l i vaig esperar resposta.

—Diga? —era una veu de noia.

—Senyoreta... Escolti'm, per favor... Sóc el senyor Ferrandis, de Santa Pola, el propietari del Dauphine, potser vostè se'n recordi...

Em va reconèixer. Millor dit, va reconèixer el Ferrandis, o el seu iot.

—Sí. Vostè dirà, senyor Ferrandis...

—Un empleat meu, el senyor Monsonís és en aquests moments al moll, esperant l'arribada d'uns amics meus. M'és molt urgent parlar amb ell.

—Com el podria reconèixer?

—És un home alt, una mica calb i duu una camisa vaquera de color blau cel i uns pantalons blancs. Digui-li que és urgent.

—Sí, senyor. Faci'm el favor d'esperar un poc.

Va trigar una estona. Però vaig estremir-me d'alegria quan vaig sentir la veu del Monsonís a l'altre extrem del fil.

—Patró? Sóc Monsonís... Què hi ha de nou?

—Et vas socarrimar gaire, ahir, Monsonís?

—Vidal!... Des d'on em truques?

—No t'interessa. Vull parlar amb tu.

—Ah, sí?

—Sí. I aquest cop sense trampes. Quants homes tens?

—Si ho vols saber, vine. T'esperarem.

—No, al moll no. Vine tu.

—Digue'm on ets.

—Ja n'hi ha prou d'aquest color, Monsonís... Ara

són tres quarts de dotze... A les dotze t'espero a la plaça del País Valencià, davant de l'Ajuntament. Allí podrem parlar amb calma i els municipals impediran que intenteu res contra meu.

—La plaça del País Valencià?

—Sí, home de déu! La plaça del Caudillo... A l'Ajuntament!

—Ah!

—Vine de seguida. Si a les dotze no hi ets, no em veuràs mai més el pèl.

I vaig penjar.

Sabia que, perquè el parany funcionés, em calia un esquer. Amb una trucada no n'hi hauria prou. I l'únic esquer prou mengívol per a un peix que es portava l'oli, com el Monsonís, era jo mateix.

Vaig anar a la sala, vaig deslligar el Sito i el vaig espavilar amb un parell de màstecs més aviat afectuosos.

Em va mirar amb uns ulls com unes taronges i un crit enganxat al paladar que no gosava sortir del tot.

—Escolta'm bé, xiquet: veus? encara tinc la pistola. Ara baixarem junts, agafarem el teu cotxe i em duràs fins a la plaça del País Valencià. Després continuarem el viatge.

Va fer que sí amb el cap. El vaig dur a la seva cambra i el vaig obligar a vestir-se. Va semblar avergonyit de fer-ho davant meu. Perquè no se m'adormís pel camí, li vaig fer beure un parell de tasses de cafè que m'havia preparat suara.

Quan vam arribar a la plaça del País Valencià passaven uns minuts de les dotze.

El Monsonís no hi era, encara.

Vaig fer que el cotxe aparqués en doble filera

davant d'un hotel que hi havia al xamfrà de la plaça i vaig baixar. Abans, però, havia alliçonat el Sito:

—No et pensis que perquè baixo del cotxe et podràs escapolir: la pistola se'm pot disparar si fas un moviment en fals, i bona nit violes... I no creguis que no tiraré perquè hi hagi molta gent. Em busca la policia, em busquen uns paios que són pitjor que la bòfia i no tinc escapatòria. O sigui que...

Em va jurar que no me la jugaria.

L'Aiga del Monsonís entrava, en aquell moment, a la plaça. El conduïa el Gomis. Ja en tenia dos de localitzats. Haurien deixat algú al port, de vigilància? El Rodríguez, potser? O algun altre dels homes del Ferrandis?

Vaig fer una senya al Monsonís, que em va veure del cotxe estant i es va atansar a poca velocitat. Va aturar el cotxe al costat de l'Alpine del Sito. El Gomis es va quedar al volant i el Monsonís va baixar.

—Hola.

—I ara què vols?

—Saber com esteu, tu, el Gomis i el sudaca...

—Ja ho veus... I tu? Sembla que et vas rostir una mica...

—Pel que es veu, tu, no. I el Gomis tampoc. I el sudaca?

—El vas ferir... Et maleeix els ossos, Enric. I amb raó, no sé si se'n sortirà.

—Digues-li que ho sento.

—Però supose que no m'has citat per preguntarme per la salut... Què vols?

—Parlar amb l'amo.

—Ja m'ho vas dir a Dénia... i a la primera de canvi, et vas escapolir.

—No m'agradava la manera com ho havíeu engiponat. Vull parlar-hi en terreny neutral. Li he d'explicar un parell de coses que potser li interessin. I proposar-li un tracte. Meitat i meitat.

—Estàs boig!

—I per què?

—No ho acceptarà mai.

—Que s'estima més, potser, que jo em quedi amb el cent per cent i ell amb no res?

—No crec que puguis quedar-te amb alguna cosa, Enric. Et veig fotut.

—No tant com et penses. Fins ara me n'he sortit prou bé, no et sembla?

—Si tu ho dius...

—Bé. Vull que parlis amb el Ferrandis. Li dius que estic disposat a negociar. Li donaré la meitat de la bijuteria aquesta —em vaig tocar la bossa de cuiro que duia penjada a l'espatlla—, a canvi de la immunitat. Vull que no m'emprenyeu més i que em faciliteu l'anada al Marroc.

—Ja li ho diré i et tornaré resposta.

—No, tu, no, Monsonís. Ell. Personalment. No em refio de ningú més.

—Dubto que accepti.

—Doncs si vol les joies haurà d'acceptar. Recordali que encara les tinc jo.

—I on vols que li digui que l'esperes?

—Aquí.

—Aquí?... A València, vols dir?

—En aquesta mateixa plaça. Demà a les dotze. Sense trampes.

—I mentre?

—Jo m'esfumo.

—I si no accepta?

—Que se'n vagi a fer la mà... Ho dieu així, oi?

—Com et puc comunicar la seva resposta?
—De cap manera. Demà a les dotze seré aquí. Si ell hi és, farem tractes. Si no ve... Apa siau.
—Ho veus molt fàcil.
—Ho és. I, ara, adéu.
El vaig deixar plantat. Vaig pujar a l'Alpine i vaig indicar al Sito que engegués.
El Gomis, quan em va veure pujar al cotxe que hi havia al seu costat, va fer una cara estranya. Li vaig fer una capada. Vaig sentir que deia:
—Malparit!
Però el Sito ja sortia del xamfrà i voltava la plaça per agafar el carrer de les Barques.
—On anem?
—A fer una volta... Espaiet i bona lletra. Quan n'estigui cansat, ja t'avisaré.

* * *

Dues hores després, vaig decidir que ja n'hi havia prou d'aquell color. Em seguien dos cotxes. L'Aiga del Monsonís i un Seat Panda de color vermell, amb dos individus al volant. Vaig suposar que devien ser l'Holandès, un tarat que s'agradava de les menors i que per això havia hagut de fotre el camp del seu país i que ara trafiquejava amb l'heroïna per al Ferrandis, i el Llonguis, un català de la Bretxa de Sant Pau, sempre ben vestit i ben clenxinat, lleuger de pistola i acostumat a situacions extremes: havia estat legionari i servia tant per a planxar un ou com per fregir una corbata. El Sito estava cansat. Havíem anat fins a l'aeroport de Manises, havíem passat pel camp del Mestalla, ens havíem passejat per la vorera del Túria, per l'eixampla valenciana i havíem arribat fins a Alaquàs. Tota una visita turística, a fe!

L'Aiga del Monsonís em seguia descaradament, com una provocació. Si nosaltres ens aturàvem en un semàfor, ells dos —el tortosí i el valencià— s'aturaven darrera nostre. Si nosaltres acceleràvem per una autovia, ells acceleraven tot d'una. El Panda, en canvi, es dissimulava molt més. Sempre hi havia dos o tres cotxes entre nosaltres. Semblava com si el Monsonís em proposés que el despistés per tal de sentirme segur i, aleshores, fer-me seguir dicretament pels altres dos. Vaig fer-los el joc.

Quan tornàvem d'Alaquàs, a l'entrada de València, ens vam ficar per un envitricoll de carrers, ens vam saltar dos semàfors i vam perdre l'Aiga.

El Panda ens seguia, fidel com un gos.

—Anem a casa teva, ara —vaig ordenar al sarassa.

El Sito va fer un sospir d'alleujament. Aquelles dues hores tenses, després de passar-se la nit lligat com un farcell, li havien destrossat els nervis. Va prémer a fons l'accelerador.

—No corris tant!

Va reduir la velocitat.

Vam entrar al pàrquing del seu edifici amb un grinyol de pneumàtics. De cua d'ull, vaig veure que el Panda s'aturava i buscava un lloc per aparcar a la vorera.

Un cop al pis del Sito, vaig procedir a la segona part de la meva operació. Vaig tornar a trucar al club marítim. Em va contestar la mateixa mossa d'abans. Amb un mocador, vaig dissimular la meva veu. A més, vaig parlar en castellà, per tal de fer més difícil la identificació.

—Senyoreta —vaig dir, amb veu afalagadora—.

Sap si ha arribat ja una llanxa amb matrícula d'Eivissa, amb el nom de *Falaguera*?

—Un moment, per favor, que ho comprovaré.

Havia arribat. Vaig demanar de parlar amb la senyoreta Anna, una passatgera, o, en cas que no hi fos, amb el patró.

No em va posar cap pega, però vaig haver d'esperar més de deu minuts.

—Digui?

Era la veu de l'Anna. Vaig respirar tranquil.

—No diguis cap nom, Anna. Sóc jo.

—Ah, En... Bé. Què ha passat? Com estàs? On ets?

—No et puc dir res... Escolta'm amb atenció i contesta només sí o no... Heu tingut alguna topada?

—No...

—Us vigila algú?

—No...

—Ara mateix salpareu, sense esperar-me. Ho has entès?

—Sí...

—Demà, a les dotze, us esperaré al far de l'illa Grossa. D'acord?

—Sí...

—Si no hagués arribat a les tres... Aneu cap a Castelló i espereu-me fins a les dotze de la nit.

—Sí...

—Si a les dotze no he arribat, aneu-vos-en. I oblida'm, Anna.

—Jo...

—No diguis res! I confia, Anna. Demà ens veurem!

—T'estimo!

Vaig pensar.

Una onada d'escalfor se m'escampà per la cara

i pel cos. La veu de l'Anna era més aviat trista, amb un tel de llàgrimes rera els monosíl·labs.

No entenia el que passava. Com era que el Monsonís m'esperava al moll esportiu? Com era que ningú no havia molestat l'Anna? M'havien trobat l'Austin i ho haurien comunicat al Ferrandis. Suposar que era a Alcoi i buscar-me pels hotels no era cap cosa de l'altre món. Fins i tot localitzar-me a Dénia hauria estat fruit d'una casualitat o d'una reflexió encertada. Però la cita al Grau de València ni la podien encertar per deducció, ni hi havia casualitat que valgués... M'havien venut. Però qui? Un pensament em revolotejava pel cap, com un ocell maligne: l'Anna. Però... Com? Per què? Què hi guanyava, ella?

El vaig espantar. Demà, al far de l'illa Grossa dels Columbrets ho esbrinaria. Sabria, definitivament si tot plegat havia estat una monstruosa casualitat o bé...

Amb l'argument de la pistola, sempre convincent, vaig fer que el Sito es posés la meva roba. És a dir, la seva roba, que jo li havia robat aquell matí. Del seu armari ben proveït en vaig treure uns pantalons de tergal i una camisa de màniga llarga. Una jaqueta blanca, de fil, va completar la meva nova vestimenta. Un cop vestit, li vaig dir:

—Escolta'm bé. Ara baixarem junts a l'aparcament. Tu sortiràs amb el teu cotxe i te n'aniràs cap a on vulguis, durant una hora. Després, ja no em veuràs mai més... Mira, com a prova de bona fe, et torno la clau de casa teva... Ara bé, si no m'obeeixes, te'n penediràs. I el que t'ha passat fins ara no serà res, en comparació al que et faré.

Vam baixar junts al pàrquing, ell va pujar al cotxe i va engegar: feia cara d'esperitat, la qual cosa em garantia que compliria les meves instruccions.

De la porta del pàrquing estant, vaig veure l'Holandès i el Llonguis que s'estaven palplantats a la vorera. Es van fixar en l'Alpine, van dir-se alguna cosa i van ficar-se dintre el seu Panda a cuita-corrents.

Cinc minuts després, comprovat que no hi havia res de sospitós al carrer, vaig sortir i vaig aturar un taxi.

—A l'estació del Nord! —vaig indicar al taxista—. I no cal que corri, no tenim cap pressa...

* * *

Vaig comprar dos bitllets: un a Alacant i un altre a Barcelona. I vaig entrar al bar per menjar alguna cosa mentre esperava l'aparició del Monsonís. Perquè quan creuàvem el pont de l'Àngel, amb el taxi, m'havia semblat veure l'Aiga que ens seguia entre la circulació.

Des del meu racó de la barra del bar, vaig comprovar que no m'havia errat. No era el Monsonís, però, sinó el Gomis. Va mirar al seu voltant, va dubtar un moment i es va dirigir a les taquilles.

En aquell moment cridaven el tren d'Alacant. Ostensiblement, vaig sortir del bar, vaig passar a frec de les taquilles, vaig mostrar el bitllet al controlador de l'andana i vaig dirigir-me a la via on anunciava que hi havia el tren.

El Gomis, és clar, em va veure i em va seguir d'amagat, confonent-se amb la riuada de passatgers.

Vaig pujar al tren i vaig baixar per la porta que donava a les vies.

El tren que anava a Castelló, Tortosa, Tarragona i Barcelona estava una mica més enllà. Sortia deu minuts després. Hi vaig arribar sense que el Gomis em veiés, m'hi vaig enfilar d'estranquis —encara no havien autoritzat els passatgers que s'instal·lessin— i em vaig tancar al wàter.

Deu minuts després, sense cap novetat, el tren es posava en marxa.

Vaig sortir del wàter, vaig buscar un seient lliure i em vaig asseure, disposat a prendre-m'ho amb calma.

Era un tren dels dits ràpids, que només s'aturava a Sagunt, a Nules i a Borriana, abans d'arribar a Castelló. A Sagunt m'esperaven el Monsonís, el Gomis, l'Holandès i el Llonguis. M'ho temia: els cotxes sempre són més ràpids que no pas els trens, al nostre país!

L'Holandès i el Gomis van pujar al primer vagó i el Monsonís i el Llonguis van pujar al darrer. El recurs del wàter no em serviria, amb ells. Coneixien el truc. Baixar d'un tren en marxa pot ser perillós. Però no em quedava cap més sortida. Així és que, quan el comboi va reduir la marxa, en un dels revolts, vaig saltar, sense pensar-m'ho. Aquests darrers dies havia practicat certament unes quantes acrobàcies i ja no em venia d'una.

Aquest cop vaig caure bé. Vull dir que no em vaig fer gaire mal: la luxació del pit se'n va ressentir una mica i em vaig torçar un turmell. Ah, i se'm van esquinçar les calces.

El tren s'allunyava i em vaig sentir molt sol i

molt emprenyat amb mi mateix. M'havia passat de llest i havia confiat massa en uns recursos de pel·lícula. Però el Monsonís era gat vell en aquesta mena de negocis i no era fàcil donar-li garsa per perdiu. Ara sabia que el meu destí era cap al nord, i que les ganes de parlar amb l'amo eren una enganyifa. De totes maneres; li duia una mica d'avantatge: no crec que gosessin saltar del tren en marxa com jo: no estaven pas tan desesperats.

Vaig sortir a la carretera i vaig posar-me a fer auto-stop en direcció a València. Se m'havia acudit que ja tenia un mitjà de transport.

Em va dur una camioneta d'un català que feia transport de material elèctric per a la casa Ford d'Almussafes. No va parar de xerrar en els dotze quilòmetres que ens separaven de Sagunt. I quan li vaig dir que jo em quedava allí, va oferir-se a acompanyar-me fins a València. O fins on volgués, vaja.

Li vaig donar les gràcies polidament i, un cop se'n va haver anat, vaig dirigir-me a l'estació.

Només hi havia el Panda. Devien haver deixat l'Aiga a València. Tant m'era. Vaig espanyar la porta, vaig fer un pont i, deu minuts després, sortia de Sagunt, camí de Castelló.

* * *

Hi vaig arribar a les set i cinc. Vaig buscar un aparcament vigilat, vaig deixar-hi el cotxe —així els resultaria més difícil trobar-lo— i em vaig decidir a menjar alguna cosa de debò, perquè el mos que havia fer a l'estació de València no havia estat cap meravella.

Vaig triar un *snack* discret i em vaig asseure a la barra. El cambrer, un xicot granellut que fregava per enèssima vegada el taulell de plàstic, va semblar animar-se quan li vaig encarregar una hamburguesa i un plat d'ensalada russa que es pansia sota el vidre de l'exhibidor. Vaig demanar-li, també, informació.

—Els Columbrets?... Oh, sí! Hi ha llanxes que hi duen turistes. Al Grau. Haurà d'anar al Grau.

I es va desentendre de mi per vigilar l'hamburguesa. No calia que s'hi escarrassès gaire, perquè, quan me la va dur, no valia res. Me la vaig empassar amb molta mostassa i poca convicció. L'ensalada russa era de plàstic i en vaig deixar la meitat, tot i les dues cerveses que em vaig empassolar.

Però no em podia estar quiet. Així és que, pocs minuts després, vaig pagar i vaig sortir del local.

El sol començava la davallada i havia refrescat una mica. La ciutat, que coneixia d'altres vegades, em va semblar més desgavellada, més malforjada i inhòspita. Hi havia força gent pel carrer, i jo, tot i l'estrip que duia als pantalons, intentava confondre'm amb el personal, mirava de passar desapercebut. En el fons, m'hauria agradat ser un d'aquells desenfeinats, tenir els seus problemes, oblidar la bossa de cuiro amb les joies, i el Monsonís, el Ferrandis i, fins i tot, la cita de demà, al far de l'illa Grossa.

El meu problema era com anar-hi. No hi havia transport regular, només les llanxes per a turistes que déu sap a quina hora sortien, si s'aturaven a l'illa Grossa, si... És clar que podia llogar una barca per a mi sol, però era un rastre molt clar i fàcil de seguir per als homes del Ferrandis.

També podia robar-ne una, d'embarcació. Però mentre amb els cotxes me'n surto prou bé, en això de la navegació no es pot dir que hi tingui la mà trencada. Bé, tenia un problema més urgent: passar la nit.

No calia ni pensar en un hotel. Si bé la vigilància de la bòfia semblava haver-se estovat —no havia trobat cap control a la carretera, i tampoc no n'hi havien a l'estació del Nord de València—, sabia sobradament que els controls que passaven de les fitxes de l'hotel eren rigorosos. M'estranyava una mica, val a dir, que haguessin abandonat la meva recerca tan aviat. La meva última pista l'havien tinguda a Gandia, amb la infermera lligada a l'ambulància de la Creu Roja. Del meu pas per València no crec pas que se'n temessin. Sabia del cert que el Sito no em denunciaria. Fer-ho li duria molts mals de cap, perquè els polis tenen més mania als homosexuals que no pas als delinqüents. i aquell era gat vell en el negoci. Per aquesta banda podia estar tranquil.

Però això no resolia el meu problema. On passaria la nit?

* * *

Ho vaig resoldre força bé. Vaig llogar un taxi i em vaig fer portar al Grau de Castelló, a quatre quilòmetres de la ciutat. Al moll de pescadors, hi havia subhasta. M'hi vaig passejar una estona fins que vaig trobar el que cercava: un solitari, brut com un sutge, amb ulls de boig. Li vaig proposar que em dugués a l'illa Grossa, que li pagaria bé.

—De nit, mestre?

—Al més aviat possible.

—I què heu de fer, als Columbrets?

—Un experiment científic.

—Teniu permís de la Comandància?

—No, per això he pensat anar-hi de nit...

—No importa. Fan la vista grossa. Allò és ple de turistes que s'hi banyen en pèl i que fan pesca submarina... Demà us hi duré.

Va veure la cara de decepció que feia.

—Que no teniu lloc per passar la nit? —va afegir després de rumiar-ho una estona.

—No.

—Si us abelleix us deixe el llagut... No s'hi dorm gaire bé, però per una nit...

Vaig acceptar de seguida.

Em va acompanyar. La seva barca es deia *Verge Blanca* i tenia un balou ple de xarxes, de bidons de gas-oil i d'ormeigs de pescar. Amb tot, hi havia una llitotxa amb un matalàs de clin, esparracat i ple de taques dubtoses.

—No val gaire res, però s'hi pot dormir.

—Li vaig donar les gràcies, un bitllet de mil que va refusar amb un «demà passarem comptes» i em va desitjar bona nit.

Demà passaríem comptes. No amb ell, sinó amb... No, no. No podia ser. Hi devia haver alguna explicació.

Però el dubte no em va deixar dormir tranquil.

EL REGNE ENLLÀ DE LA MAR

A Toni Serra i Aina Montaner —i al Mar Bell*—,*
que naveguen per mars d'amistat.

A Pere Gabriel i a Margarida Tomàs,
que estimen Cabrera, malgrat tot.

NOU

La Júlia, la meva germana morta de feia deu anys, va somriure i em va parlar. El glopeig de les ones no em va deixar entendre les seves paraules, però pel somrís i pel gest vaig comprendre que volia tranquil·litzar-me. Vaig dir-li que no podia estar tranquil fins que em lliurés d'aquell embalum que duia penjat al coll i que pesava un quintar, que m'impedia qualsevol mena de moviment i que amb el bressoleig de les onades se'm clavava al costellam, per la banda esquerra i em dificultava la respiració.

Vaig mirar al meu voltant. La mar era estranyament vermella, molt fluida i hi arrelaven uns arbres que, de tant en tant, silenciosament, explotaven com els coets de la nit de l'albada. De l'aigua rogenca pujava una calitja sangonosa que em llepava els braços i la cara.

La Júlia, la meva germana morta de feia deu anys, anava pintada d'ulls, amb els llavis moradencs i dues taques esblaimades a les galtes. I el seu rostre es transformava lentament i esdevenia la cara, d'antuvi excitada i després emporuguida, del Sito. D'entre la roba flàccida li brollava un fal·lus erecte que em mostrava amb satisfacció. Jo volia girar-me d'esquena i perdre-la de vista, però per més esforços que feia, no ho aconseguia. La bossa de cuiro, que pesava un quintar, m'ho impedia.

El fal·lus de la meva germana morta, amb cara d'homosexual valencià, se m'atansava inexorablement i em provocava basques fins a fer-me perbocar. El vòmit m'omplia el pit d'un suc esgrogueït i pudent.

De sobte, el fal·lus esclatava com un globus o com una bomba i l'expansió em tirava a terra. Queia damunt la barca, plena de xarxes enllardufades d'escates de peix. L'embalum que duia penjat al coll m'ofegava. No podia respirar, se'm rebentaven els pulmons...

Unes mans fresques i delicades m'acaronaven el front, com si volguessin esbandir-me el sofriment. Jo volia demanar al propietari de les mans que em tragués la bossa de cuiro del damunt, però no recordava les paraules. Vaig fer un gest de desesperació i les mans em van entendre: van retirar la bossa de cuiro del meu damunt i la van llançar a l'aigua. Jo em vaig posar dret i vaig mirar la mar: la bossa s'enfonsava i aviat no la vaig veure més. Aleshores em vaig girar cap a les mans: eren les de l'Anna, que somreia, provocativa. Anava totalment nua i el cos li resplendia amb un to rogenc, com la mar que ens gronxava.

Se'm va acostar fins que els seus pits van tocar la meva carnada adolorida. Les seves mans van engrapar el meu sexe i se'l van fregar pel ventre. La vaig abraçar. Tenia la pell freda i llefiscosa i em va fer fàstic. Vaig perdre l'erecció i quan la noia se n'adonà m'apartà d'una empenta i començà a colpejar-me amb els punys.

Em picava al ventre, a l'estómac i al pit, amb una força que no li preveia, i els seus cops em feien mal, molt de mal, com si em clavessin ganivets als llocs on em tocaven. I no podia defensar-me perquè els braços se m'havien entortolligat a les xarxes i estava indefens.

Lentament, els cops esdevingueren carícies. I novament se'm va refregar i em va provocar una erecció. Aleshores es va agenollar, va agafar el meu sexe amb les mans, i va començar a llepar-lo. De tant en tant, em mirava i somreia. I cada cop, la seva cara s'anava transformant. De primer va ser el cabell. Després els ulls i després la boca. No era l'Anna la que em masturbava amb la boca, sinó el Ferrandis.

Vaig fer un crit.

I em vaig despertar.

Havia caigut de la llitotxa del balou i jeia sobre les xarxes pudentes. Em vaig incorporar com vaig poder, vaig sortir de la cabina i vaig veure que, a l'horitzó, s'estenia una lleu ditada de llum. Em vaig rentar la cara amb aigua de mar i vaig seure a la borda del llagut. No recordava el malson, però m'havia quedat una sensació molt desagradable, com una mena de neguit.

Vaig encendre un cigarret i em vaig disposar a esperar el patró.

* * *

El Vicent, el pescador que m'havia ofert el llagut per passar-hi la nit, va arribar amb la claror. L'acompanyava un marrec de sis o set anys, el Vicentet, el seu fill.

Ens vam saludar cordialment i vam anar al pòsit, a fer un cafè amb aiguardent.

—I quina mena d'investigació voleu fer, als Columbrets? —em va preguntar.

Vaig recordar alguna cosa que havia llegit i li ho vaig amollar pel broc gros.

—Els escorpins de l'illa Grossa són més clars i més grossos que els de la península. Voldria examinar-los.

—Ja us els regale tots! Mal bestiar, aquest...

Vaig fer que sí amb el cap i vaig pagar la consumació.

Mentre ens preparàvem per salpar, vam convenir el preu. El Vicent em va dir que, com que feia cara de tenir pocs possibles, amb dues mil pessetes n'hi hauria prou.

—Quan voldreu que us vingui a cercar?

—No us heu de molestar... Uns amics meus pensen atracar-hi demà... Tenen una llanxa i em duran de retorn...

—I si no vinguessin? Hi haurà mala mar, demà.

—En ple mes d'agost?

—Cada any, pels volts de la Mare de Déu, tenim temporal. I dels grossos, no us penseu...

—Bé, vós hi soleu pescar per aquells paratges, oi?

—Sí, cada dia hi vaig a parar les xarxes...

—Doncs si els meus amics no vinguessin, ja us faria senyal i em podríeu recollir...

—D'acord.

I ja no vam parlar més. Era home de poques paraules, com la majoria de la gent de mar.

Els Columbrets estan situats a uns seixanta quilòmetres al sud-sudest de Castelló. És a dir, a trenta i tantes milles. El llagut, la *Verge Blanca*, no devia fer més enllà de vuit nusos. Vaig comptar, doncs, que trigaríem unes quatre hores. Eren dos quarts de set del matí, per tant, si l'aritmètica no em fallava, arribaríem a l'illa Grossa a dos o tres quarts d'onze.

El Vicentet, renegrit i brut com son pare, va estendre un tendal, subjectat a la verga, i allí em vaig instal·lar. De moment no feia gens de calor. L'oratge d'eixida de sol rentava l'aire i esbandia la mica de calitja que s'havia format. La costa, empetitida a pas de cargol, es veia nítida, com si fos una joguina. La mar, de moment, era plana com un mirall, amb tota una tonalitat de blaus, verds, grisos i negres.

El rum-rum del motor, el glopeig de l'aigua i la fresca de la matinada em van condormir. No m'havia trobat tan bé de feia dies. D'ençà de la conversa amb *mistress* Marlowe.

Havia conegut *mistress* Deborah Marlowe la setmana següent de la meva arribada al xalet de Santa Pola, per recomanació del Romagosa, que volia allunyar-me de Barcelona una temporada per una qüestió de ganivetades que s'havien produït al «Billy's». L'americana —una rossa que fregava la cinquantena però que es conservava prou bé— era la vídua d'un amic del Ferrandis. Millor dit, d'un soci seu que havia mort, feia un parell d'anys a Nova

York, fregit a trets, quan sortia del seu cotxe a la Madison Avenue.

La dama, perseguida pels enemics del marit i farta d'enfrontar-se al fiscal general dels Estats Units, s'havia traslladat a Eivissa. Hi passava tot l'any, en una mena de palau a Portmany, amb un exèrcit de criats i una llanxa ràpida, la *Falaguera*, que era el mitjà de traslladar-se a Santa Pola, on solia emborratxar-se amb l'amo.

En la meva condició de xofer i guarda-espatlles del *pied-noir*, més d'un cop els havia dut a Alacant, a Benidorm, a Altea o a altres llocs de la costa.

A finals de juny, en un dels viatges de l'americana a Santa Pola, després d'una nit de córrer tots els *night-clubs* de la costa, els vaig haver d'allitar tots dos. Havien agafat un piano d'aquí no em moc. L'ofici d'infermer no m'esqueia, però tothom dormia, al xalet, i algú s'havia d'ocupar de la parella.

Vaig deixar l'americana al *hall* i vaig pujar l'amo a la seva cambra. L'home remugava obscenitats i, quan li treia les sabates, va vomitar. Fastiguejat, el vaig deixar damunt del llit i me'n vaig anar.

Mistress Marlowe s'aguantava una mica, encara. La vaig pujar, agafada pel braç, per tal que no ensopegués, a la seva cambra. La volia deixar sobre el llit, però ella em va demanar, amb veu pastosa, que li ajudés a treure's el vestit.

No m'ha agradat mai barrejar el negoci amb el plaer i, per una vegada, vaig trencar la meva regla d'or. Quan intentava desfer-li els gafets dels sostenidors, la dona se m'aferrà com una llagosta. I vaig perdre el cap.

Tenia el cos modelat pel massatgista i la dieta, la pell suau de cosmètica, i una experiència de barjaula.

D'ençà d'aquella nit fatídica, cada cop que apareixia la ianqui, el patró em feia morros. No és que li importés gaire que em fiqués al llit amb ella, però penso que no li feia gens de gràcia que un pinxo a sou es prengués aquelles llibertats. Al principi va ser com una malaltia: quan no hi era, somiava amb ella. Em trobava desitjant-la, esperant la seva arribada. Quan hi era, semblava com si m'hagués begut l'enteniment.

Ens passàvem la major part del dia al llit i, per treure-me'n, el Ferrandis se les veia de tots colors.

A finals de juny, després de tres o quatre vingudes sobtades, una nit, la Marlowe i el Ferrandis van tenir una enganxada. Els crits se sentien per tota la casa, i de resultes, l'americana va tocar pirandó sense ni dir-me adéu.

Una setmana i mitja després, em va telefonar. Era a Alacant i volia parlar amb mi. Vaig deixar plantat l'amo i me n'hi vaig anar com un gosset.

D'ençà d'aleshores no havia pogut descansar com ara.

A mida que el sol s'enfilava pel cel, el ventijol s'encalmava i la calor es feia intensa.

El Vicentet, de tant en tant, em duia un càntir que hi havia al balou i em feia beure. Son pare, sense amollar la barra, comentava:

—A mar s'ha de beure sovint, que si no un s'asseca i hi ha pena de la vida...

A les deu, el pescador va aturar el motor, va preparar una mica d'esquer i va llançar l'ham. El seu fill, al balou, ja havia escalfat una mica d'oli en un fogonet de butà i, ben aviat, s'hi fregien uns quants pagells. Aleshores el Vicent va llescar pa, va obrir una carmanyola amb amanit i va donar-me un plat d'alumini i una forquilla.

Vam menjar el peix, l'amanit, i vam beure aigua del càntir.

Vaig oferir-li tabac, vam encendre els cigarrets amb el seu pela-dits i vam reemprendre la marxa.

Al lluny hom podia distingir, ja, la tossa de les illes.

Una taca fosca damunt les coloraines de la mar.

* * *

Vaig desembarcar en una platja de còdols, a la banda nord-est. El pescador havia ancorat a la roda i per tal d'arribar a terra, em vaig haver de treure la roba, posar-la a la bossa de cuiro i ficar-me a mar.

Des de la platja, vaig fer adéu amb la mà. Pare i fill em respongueren i, després de desancorar, se n'anaren a la pesca, amb el seu pas majestuós de cargol marí.

Vaig buscar una roca gran, m'hi vaig arredossar i em vaig estirar per prendre una mica el sol i eixugar-me. Eren les onze i el sol picava, ja, de valent.

Em vaig sentir com l'únic home del món, nàufrag d'aneu a saber quina aventura, empès per les ones a aquell tros de roca enmig de la mar. Un munt de records, de falsos records apresos dels llibres, em ballaven pel cap.

Aquí no hi havia ni bòfia, ni els homes del Ferrandis. La roca, la mar i jo ens bastàvem per a tota l'eternitat. Per primer cop, d'ençà de la nit d'albada d'Elx, no tenia por. Em vaig treure la bena que em faixava el pit i em vaig adonar que, malgrat la nit desagradable que havia passat al balou de la *Verge Blanca*, les costelles ja no em feien mal. El viatge havia estat relaxant i la seguretat de trobar-me estalvi dels meus enemics em produïa una gran eufòria. Havia viscut un somni. Tots aquells dies, amunt i avall, sense ni un moment per a reflexionar, empaitat, colpejat, bandejat, com un animal salvatge, amb l'instint de supervivència a la punta dels dits, amb els nervis en tensió i amb la por que em rosegava els dintres, s'havien esborrat. Només un núvol lleu cobria l'horitzó, com una metzina que volgués foragitar-me del paradís de la benaurança: la sospita que m'havien venut em corcava l'inconscient i em feia sentir un pessigolleig de ràbia entaforat molt endins i que no gosava sortir i plantejar-me de bo de bo el problema.

Em vaig banyar nu, un cop més, per veure si les ones esfilagarsaven el núvol de la sospita.

No ho van aconseguir, però.

Vaig estirar-me a la pedra i vaig tancar els ulls. El cos bru de de l'Anna. En aquella llarga fugia junts no l'havia tocada. O millor dit, quan era a punt de fer-ho, el Mike i el Moro ens van interrompre. Només un «t'estimo» apressat i metàl·lic, ahir, a València.

Desitjava tocar-la, abraçar-la, fer l'amor amb ella. Ho desitjava tant com arribar a Eivissa, donar les joies a *mistress* Marlowe i fugir cap a Viena.

Mistress Marlowe... Em va citar a un restaurant d'Alacant. No volia que el Ferrandis ens veiés junts. Quan hi vaig arribar, tres quarts d'hora després de la seva telefonada, ja m'esperava. Havia begut una mica més del compte i les paraules se li espesseïen a la boca. Parlava en anglès i en castellà. Tenia la veu de cap de nas que solen tenir les americanes, un punt desagradable, però carregada de sexualitat. Es va aixecar, en veure'm, i em va besar davant de tothom. Em vaig sentir una mica avergonyit, ho confesso, perquè en el seu gest hi havia una mena de desafiament, com si volgués dir als clients del restaurant que era la meva propietària. Vaig seure i vaig beure'm d'un glop la resta de whisky que hi havia al seu got. Va acudir el cambrer, li va encarregar menjar i més beguda i em va mirar somrient.

—Tinc una habitació d'hotel... Vols que hi anem de seguida o t'estimes més menjar?

—Vaig encongir-me d'espatlles.

—Bé, doncs mengem primer.

Van servir-nos un còctel de gambes i un guisat de peix. Amb prou feines vaig tastar res. Estava decebut, empipat i avergonyit. Ara m'adonava que aquella dona m'havia xuclat l'enteniment i que no feia per a mi. No m'agradava el seu capteniment, ni les seves mirades possessives, ni els seus gestos pretesament amorosos. Sense solta ni volta, m'engrapava la mà, m'acaronava la galta, em tocava amb el peu nu per sota la taula.

Tenia la sensació que érem la riota del restaurant.

Va pagar ella ostensiblement i va deixar una propina faraònica. El cambrer va acompanyar-la fins a la porta, tot capades i besamans. A mi, quan sortia darrera d'ella, com un gosset d'aigües, em va picar l'ullet.

Havia llogat una cambra al millor hotel d'Alacant, a l'Esplanada. I les mirades del recepcionista, del grum i de l'ascensorista em van fer envermellir.

Tot just tancava la porta, que la Marlowe ja era nua, damunt el llit. Em cridava amb gestos de puta del carrer de Robadors. Definitivament, en aquell moment, la vaig veure amb uns altres ulls; no la desitjava, no tenia gens ni mica de ganes de fer l'amor amb ella, em feia fàstic, fins i tot.

Una hora després, decebuda de la meva impotència, la Marlowe es va tancar a la cambra de bany. Discretament, sense acomiadar-me, vaig sortir de l'habitació i de l'hotel.

Vaig obrir els ulls. El núvol del meu pensament s'havia materialitzat. Es congriava una nuvolada grisenca per la banda de llevant. Em vaig vestir, vaig tornar a l'amagatall entre les roques i vaig obrir la bossa de cuiro.

Les joies guspirejaven sota les restes del sol. Hi havia diademes, corones, camafeus, marcs de plata, amb robins, collars de perles. Tota la devoció d'un poble. Comprenia la indignació. Més que no pas un robatori, havíem comès un sacrilegi. Havíem jugat amb coses sagrades. El Moro, quan sortia de l'església, en pujar al cotxe, m'havia dit:

—No està bé. Això que hem fet no està gens bé. Aquestes joies estan maleïdes i la seva maledicció caurà sobre nosaltres!

Ell ja havia pagat amb la vida. I el Mike, si no se'n sortia. Dels tres, l'únic que continuava sa i estalvi era jo. Potser perquè no m'acabava de creure la maledicció que havia anunciat el Moro.

Vaig desar el pedram i vaig tancar la bossa. La llanxa ja hauria d'haver arribat. I si no ho feia aviat, tindria mal temps: els núvols que es congriaven cap a llevant anaven cobrint tota la volta del cel, s'havia girat un vent fred i les ones havien trencat el mirall de la mar. Vaig pensar que el Vicent tenia raó, que pels volts de la Mare de Déu d'agost hi hauria tempesta.

* * *

Van arribar amb llamps i trons, encara llunyans,

però terriblement amenaçadors. La llanxa va ancorar a la roda, bastant lluny d'on era jo i vaig veure com el tripulant baixava a l'aigua el bot de goma i l'Anna s'hi tirava. El bot duia un motoret i la noia semblava pelar-se-les força bé, en qüestió de navegació.

Vaig atansar-me a l'aigua, m'hi vaig ficar fins on trencaven les ones i vaig esperar que el bot fos a la meva alçada. L'Anna estava més colrada. I semblava molt contenta. Duia el biquini que li havia vist a Dénia, aquest cop amb els sostenidors posats.

No vam dir res. Ens vam abraçar i vaig sentir que, als seus braços, se'm fonia tota sospita. Ens besàrem. L'Anna tenia els ulls humits de llàgrimes i els llavis càlids com un refugi. Sense dir res, em vaig instal·lar a la barca de goma i ella va fer funcionar el motor.

El Bernat, el mariner eivissenc, ens esperava a la popa de la *Falaguera*. Ens va ajudar a pujar i va hissar el bot.

—Tindrem tempesta —va dir, sense saludar-me.

—Com estàs, Bernat?

—Cansat d'anar amunt i avall... Podem partir cap a casa?

—Sí, Bernat, podem anar-nos-en. Ara ja s'ha acabat tot.

L'Anna m'agafà de la mà i em va fer entrar a la cabina.

—Enric...

—Hola, Anna...

—Finalment. Si sabessis... Però ara no, ja parlarem després... Tens gana? Vols beure alguna cosa?... Estàs molt cansat?...

—No et preocupis, Anna. Estic bé. Heu arribat tard.

—El Bernat no coneixia bé la ruta i no acaba d'entendre el funcionament del mapa, del sextant i del compàs... I tu? Quan i com has arribat?

—És molt llarg d'explicar. Digues... Conta'm què vas fer a Dénia i què va passar a València...

El meu to de veu o potser el meu posat aspre li van provocar un estremiment. Jo m'havia assegut en una mena de llitera i ella s'estava dreta. Va córrer cap a mi i em va abraçar.

—Què passa, Enric? Què tens?

—No em passa res, Anna. Contesta'm. Explica-m'ho tot.

Es va apartar dolguda.

—Vaig fer el que m'havies dit, Enric: em vaig tancar al wàter i em vaig canviar de roba. Però quan en vaig sortir, no hi havia ningú. L'amo del bar em va dir que uns homes havien preguntat per mi però que se n'havien anat sense esperar que sortís. Després vaig tornar al moll i vaig parlar amb en Bernat. No em volia creure i em va costar convèncer-lo. Va anar a telefonar a la seva mestressa... *Mistress* no-séquè i, quan va tornar, em va dir que bé, que aniríem a València.

—I després, a València?

—Vam arribar a l'hora justa. Tu no hi eres. En Bernat va anar a arreglar els papers. Un empleat del club marítim em va venir a buscar, dient-me que em cridaven per telèfon, hi vaig anar i vaig parlar amb tu. No hi havia ningú, ni ningú no ens va dir res. Digues, què sospites?

—No ho sé, Anna. No entenc res. Com és que el Mike i el Moro ens van localitzar a Alcoi? Com és que, dos dies després el Monsonís, el Gomis i el sudaca ens esperaven a Dénia? I, finalment, com és que l'endemà eren a València? No ho entenc. Tinc la sensació que algú m'ha venut.

—Enric! Jo...!

Es va posar a plorar.

—Calma't, Anna. Jo no dic que siguis tu. Però t'asseguro que no ho entenc.

—Si algú t'hagués venut, Enric, ara no series aquí, sol. També hi hauria els homes del *pied-noir*, no et sembla? Per què a Alcoi, a Dénia, a València i no als Columbrets?

No hi havia caigut.

—Tens raó... Però això no explica les altres topades.

—Mira, pensem-hi una mica —s'havia tranquil·litzat; va encendre un cigarret i es va asseure al meu costat, sense tocar-me—. Que ens localitzessin a Alcoi no té res d'anormal: vam deixar l'Austin a la carretera, prop de la trenca d'Alcoi a Xixona. Els civils deurien avisar el teu amo i ell va fer que els seus homes miressin per Alcoi. Hi ha pocs hotels, per tant...

—Sí, això ja se m'havia acudit...

—A Dénia, s'hi van presentar per casualitat, també. Si havíem fugit dels dos d'Alcoi, no podíem haver anat gaire lluny.

—I a València?

—Potser, si vas parlar amb ells, vas dir alguna cosa que els va fer pensar que la teua destinació era València...

—No, Anna. Una casualitat, passi. Però tantes... Estic convençut que m'han traït. I vull saber qui, com i per què. No pararé fins a saber-ho.

L'Anna anava a dir alguna cosa, però no va poder. En aquell moment, a la porta de la cabina, va aparèixer el Bernat.

—Tenim problems.

—Què passa?

—La tempesta. Ja hi som davall.

Com si les seves paraules fossin màgiques, la llanxa va començar a moure's. De primer foren uns moviments lents, majestuosos. Després prengueren un ritme més viu i, finalment, esdevingueren una giga infernal: pujàvem, baixàvem, anàvem a la dreta i a l'esquerra sense ordre ni concert. Van començar a caure les coses de les lleixes i jo vaig sentir que el meu estómac perdia l'oremus i em volia fugir per la boca.

El pescador del Grau de Castelló tenia tota la raó del món: aquell mar no era tan tranquil com semblava a primer cop d'ull.

DEU

No és que en Bernat fos un mariner d'aigua dolça, és que la tempesta es portava l'oli. Les ones feien l'alçada d'una casa de pisos. I el renou, aquells espetecs, els grinyols, el glopeig, semblaven un concert de música concreta.

El mariner va posar els estabilitzadors, va donar poca potència al motor de la llanxa i es va dedicar a subjectar tots els estris que podien caure.

Ens va assegurar que la llanxa era insubmergible i que no passéssim pena, que havia vist altres tempestes i que ens en sortiríem.

L'Anna li va preguntar com mantindria el rumb i ell es va encongir d'espatlles. El rumt tant li feia, pel que vaig comprendre, l'important era sortir-ne, de la tempesta.

No em trobava bé. L'estómac se m'havia regirat i tenia ganes de perbocar. En el fons, em sentia profundament ofès: havia resistit un incendi a muntanya, m'havia escapolit de la guàrdia civil i dels homes del Ferrandis, havia provocat accidents de cotxe i havia suportat una pallissa inhumana i ara, simplement, em marejava com un infant. Per més que m'estigués estirat a la llitera, el món em donava voltes, em cobria una suor freda i no aconseguia de dominar el vòmit que em pujava a la gola.

Vaig vomitar el peix i l'amanida que m'havia donat el pescador aquell matí. Després de treure-m'ho tot, em vaig sentir una mica més alleugerit i vaig poder descansar.

Les idees m'anaven i venien pel cap al mateix ritme de les onades que ens sotraguejaven. Qui m'havia venut? Com sabien els homes del Ferrandis que m'esperava una llanxa a Dénia o que l'Anna i jo havíem establert un nou contacte a València? I si sabien la cita de València, com és que no havien acudit a les illes Columbrets?

L'Anna estava dolguda de la meva insistència i de les meves sospites. S'havia enredat en una aventura perquè sí, i jo no tenia dret a sospitar d'ella. Però si no havia estat ella, qui m'havia venut?

Idees, idees... Si pogués deixar de pensar-hi, encara que només fos un moment... Però no hi havia res a fer. Tornava enrera, examinava cadascuna de les paraules, cadascun dels gestos, tots els moviments. I la principal protagonista continuava sent l'Anna.

Molta estona després —per al meu estómac una

eternitat—, la noia m'oferí un got d'aigua amb una cullerada de sucre.

—Beu-te això, t'ajudarà.

Amb prou feines vaig poder empassar-me'n unes gotes. Em tornaven les ganes de vomitar, només d'incorporar-me sobre el colze.

—Descansa, Enric, aviat sortirem de la tempesta...

Em vaig tornar a estirar. Amb els ulls tancats i el cos tens, sentia tots els moviments de la llanxa, que es reproduïen dintre meu. Les idees em tornaven. Un cop més em veia a la benzinera, descobria l'Anna dins el cotxe, el dinar al pinaret de Monòver, l'escapada de la noia amb les bosses de plàstic, el fet de retrobar-la a la carretera, la persecució dels motoristes de trànsit, l'hotel d'Alcoi, l'arribada del Mike i del Moro, els cops i la humiliació, l'accident del cotxe, el dispensari de Xixona...

Vaig perdre la consciència no sé quanta estona.

Quan vaig retornar en mi, el sacseig s'encalmava i l'Anna era al meu costat.

—Què ha passat? —vaig preguntar amb un fil de veu.

—T'has desmaiat, Enric.

—Per un simple mareig? —vaig tenir esma de dir.

—Suposo que ha estat el cansament. Ara podràs descansar, ens refugiarem a la badia de Cabrera...

—Però, i Eivissa? Quan anirem a Eivissa?

—Demà, si escampa.

El Moro tenia raó: les joies estaven maleïdes. No ho aconseguiria mai. Si no era la bòfia o els homes del Ferrandis, era una tempesta...

* * *

Havia parat de ploure i la mar anava molt més

plana. De la badia estant, però, vèiem, enllà del gorg que forma l'entrada, que la tempesta continuava. Hi havia altres llanxes i iots ancorats a la badia que s'hi havien refugiat fugint de la tempesta.

En Bernat apariava el bot de goma per traslladar-nos a terra. La grisor del cel no em deixava endevinar l'hora, tot i que devia ser molt tard.

La badia de Cabrera, àmplia i protegida pels vents, tenia un port i quatre cases. L'Anna em va explicar que, de fet, no hi vivia ningú: era propietat militar i les cases eren dependències de la comandància, un refugi de pescadors i una casa de pagès.

Unes runes alteroses dominaven l'entrada.

Vam pujar a la barca tots tres i ens vam dirigir a port. Hi havia soldats pertot arreu, alguns d'ells amb correatge i el CETME penjat a l'esquena. En Bernat, amb els papers de la llanxa, va anar a demanar permís al tinent-comandant de l'illa per passar la nit a la badia, mentre nosaltres ens atansàvem a la cantina militar i demanàvem que ens servissin alguna cosa. Els soldats no es van estranyar de la nostra petició i ens van deixar seure en una de les taules. L'Anna va beure una cervesa i jo una tònica.

Em sentia feble, com un infant que surt d'una malaltia llarga. En Bernat va tornar de seguida i es va asseure amb nosaltres.

—Tot resolt. Podem quedar-nos tant com mos

plagui. Però no hem de sortir dels límits turístics: el port, la platja i el monument als francesos. La resta és zona militar i està prohibit anar-hi.

—Abans no era així —va comentar l'Anna—. La darrera vegada que hi vaig venir, ens van deixar acampar i vam recórrer tota l'illa.

—Hi havies estat? —vaig preguntar.

—Sí, és clar.

En Bernat va beure una cervesa, va comprar provisions a un sergent d'intendència i vam tornar a la llanxa.

S'havia fet sobtadament de nit i els núvols esbandien. Dels altres iots ancorats ens arribaven músiques, rialles i retalls de converses en alemany, francès i anglès.

—Sempre que hi ha tempesta, aquesta badia s'omple. És un dels refugis més segurs de la zona.

—Però ens hem desviat molt...

—No et pensis... Si demà escampa, demà mateix serem a Eivissa.

La llanxa amb prou feines si es movia. El mareig m'havia passat del tot i tenia fam: del matí que no menjava i, a més, m'havia tret l'esmorzar.

L'Anna i en Bernat van preparar una sopa de sobre i uns ous ferrats amb patates fregides. En el moment de menjar-m'ho, però, em va fer fàstic i només em vaig poder empassar unes quantes cullerades de sopa. L'Anna em va fer beure un vas de llet i em va fer allitar. En Bernat es va quedar a la cabina del pilot. Vaig recollir la bosa de cuiro i em vaig entaforar en un dels cambrots. Em vaig despullar, vaig desar la pistola sota el coixí i em vaig estirar.

Una estona després, vaig sentir l'Anna que s'estirava al meu costat. Vaig allargar la mà, amb els ulls tancats i vaig tocar el seu cos nu.

—Dorm... —em va dir, en veu baixa.

Dormir... sí. Descansar. De la tempesta. I de les idees que em ballaven pel cap, inconnexes.

* * *

Em va despertar l'olor de cafè acabat de fer i un

raig de sol que entrava per la cortina de l'ull de bou. Em vaig incorporar d'un salt. No hi havia ningú, al cambrot. Però la bossa de cuiro era al lloc que l'havia deixat.

Em vaig posar el banyador i vaig sortir. A la saleta-cuina hi havia l'Anna.

—Bon dia. On és en Bernat?

—Ha sortit a pescar... Has descansat?

—Sí.

—Com te trobes?

—Bé... Quin temps fa?

—La tempesta ha passat ja.

Podem salpar, doncs.

—Sí...

Em va servir cafè i unes galetes. El meu estómac ho va resistir bé.

—Anna...

—Digues.

—Sento que, ahir, et ferissin les meves paraules. De debò. M'has ajudat molt i no tenia cap dret...

—No t'has d'excusar, Enric.

—Anna, jo...

—Què?

—Estic content d'haver-te trobat.

Em va mirar i no va dir res. Va enretirar la tassa del cafè i les restes de galetes i va passar un drap per sobre la taula.

Em sabia greu, de veritat. Ara que la veia, que la tenia a l'abast, m'adonava que havia estat injust amb la meva sospita.

Em vaig aixecar i la vaig abraçar.

—Anna... Per telèfon, abans d'ahir, a València, em vas dir...

Es va girar i em va mirar fit a fit.

—... que t'estimava, Enric.

La vaig besar. I una onada de tendresa va esborrar els mals pensaments.

En Bernat ens va soprendre abraçats com dos adolescents, enmig de la cabina. Va fer l'orni.

—Podem partir en voler. La tempesta ha passat i la mar és plana.

—Endavant, doncs! —li vaig dir. I vaig sortir a coberta.

Hi havia restes de núvols, cap a Mallorca, rera el castell enrunat. La pluja havia netejat l'atmosfera, i de la llanxa estant es distingien el campament militar, a dos quilòmetres del port, una casa de pagès, amb una mica de moll, la platja i el pinar on, segons m'indicà l'Anna, hi havia el monument als francesos morts en no sé quina guerra.

Mentre en Bernat desancorava, vaig prendre un bany. El cafè, la frescor de l'aigua i la imminència de la partida em van restituir les forces. Altra vegada em sentia capaç d'enfrontar-me a tot i a tothom. Quan pujava per l'escala de popa, vaig sentir que, a la cabina, en Bernat i l'Anna parlaven. Només vaig distingir unes paraules que pronunciava el mariner eivissenc:

—... cala s'Olla, a l'altre costat de l'illa...

Un cop a coberta, em vaig estirar al sol, per eixugar-me i l'Anna va venir al meu costat.

—Què passa? —vaig preguntar sense obrir els ulls.

—No res... Què vols que passi? En Bernat ha dut peix fresc i pensava fregir-lo...

El motor es va posar en marxa i la llanxa va començar a lliscar suaument per l'aigua encalmada de la badia.

A mar oberta l'aigua no era tan plana, val a dir.

Però el meu cos aguantava bé el bressoleig de les onades. Per precaució, en Bernat posà els estabilitzadors.

A la dreta hi havia els espadats de l'illa dels Conills, aquella *Conejera* que afegíem sempre a escola quan enumeràvem les Balears, que eren cinc però que n'anomenàvem sis.

Vam voltar el cap Xoriguer, passàrem de llarg cala Gandulf, doblàrem el cap des Moro Butí i enfilàrem la canal que hi ha entre la Conillera i Cabrera. L'Anna, al meu costat, anava esmentant els topònims que tenien ressonàncies fabuloses d'històries de pirates.

La costa nord de l'illa era inhòspita i oferia paisatges agrestes fins al cap Ventós, sempre a les envistes de l'illa dels Conills i de l'illot anomenat Na Redona.

Un oratge prim havia esfilagarsat definitivament els núvols de la tempesta, i el cel ara lluïa intensament blau, com en les postals i en les pel·lícules. La maltempsada d'ahir només era un record que tenyia de marró la ressaca dels espadats del nord de l'illa.

L'Anna havia tornat a la cabina, suposo que a preparar el peix, i en Bernat s'ocupava del timó. I jo, sol i satisfet, entomava el sol i em relaxava com un llangardaix.

Ja no m'obsessionava la idea que m'havien traït. De fet, no pensava en res. O potser sí, en l'Anna, que sentia a prop, en les joies, que sabia al cambrot, i en *mistress* Marlowe i la seva segona —i darrera— cita.

Em va trucar aquell mateix vespre quan encara no feia ni dues hores que havia tornat al xalet de Santa Pola. No semblava enfadada. No em va parlar de la meva fugida, ni del fracàs de la nostra relació. Simplement, amb un to de veu neutre, em va dir que tenia un negoci per a proposar-me. I va afegir:

—Un negoci de milions, Enric, que et permetrà deixar plantat el teu amo i fer el que vulguis la resta de la teva vida.

Fer el que volgués la resta de la meva vida: heus ací una idea temptadora. Vaig dir-li que bé, que en podíem parlar, que què calia fer... Em va parar els peus. Per telèfon, no. Si m'interessava el negoci, demà, a les dotze, a Elx, a l'església de la Mare de Déu. Vaig dir-li que miraria de ser-hi i va penjar sense acomiadar-se.

Aquella dona era un enigma. La seva proposta havia de contenir algun parany, n'estava segur, perquè aquell migdia, a Alacant, li havia fallat i no solia perdoner les falles de ningú. De totes passades, no hi perdia res, anant-la a veure.

L'endemà, a les dotze clavades, passejava per davant l'església de la Mare de Déu. La Marlowe va arribar deu minuts tard, conduint un cotxe de lloguer que va deixar mal aparcat.

Ens vam saludar amb molta fredor, com si entre nosaltres no hi hagués més que una llunyana coneixença. I no es va estar per brocs.

—Caminem —em va dir.

Vam baixar fins al riu Vinalopó i vam passejar per les voreres, sota les palmeres.

—He sabut que el teu amo prepara un cop.

N'havia sentit parlar al Moro, però no en sabia res per boca del Ferrandis, així és que vaig fer l'orni.

—Ah, sí?

—Per la Festa del Misteri hi haurà una exposició de les joies de la Verge. Valen una fortuna, m'han dit.

—Sí?

—I el Ferrandis necessita diners ràpids si vol acontentar els seus socis americans. Els deu molts mesos i els meus amics d'allí dalt s'estan posant nerviosos.

—I què hi tinc a veure jo, amb tota aquesta història?

—Sé que el Ferrandis ha entrat en contacte amb els peristes d'Amsterdam. Pensa robar les joies i enviar-les a Holanda, seguint la via de la droga. Tu has d'interceptar-les. Aquestes joies les vull jo.

—I jo què en trec?

—El vint-i-cinc per cent. I un bitllet per a qualsevol lloc d'Europa.

—No m'interessa. El Ferrandis té amics arreu del món que, per fer-li un favor, em farien la pell.

—I la meva protecció. Jo també en tinc, d'amics. A més, sense els diners de les joies, el Ferrandis durarà poc. I tu podràs tornar, quan ell ja no hi sigui.

Vista així, la cosa canviava. Les joies valien milions. Un vint-i-cinc per cent era una picossada. I sense problemes d'haver-les de vendre. I amb la protecció de la Marlowe.

—Quin és el teu interès? —li vaig preguntar.

—Necessito diners, també. A més, la hi tinc jurada, al teu amo. Tu també, oi?

—Oi.

Vam quedar d'acord. Quan sabés més coses del cop, li trucaria a Eivissa i n'enllestiríem els detalls.

El que no suposàvem, en aquells moments, és que el Ferrandis pensava en mi per conduir el cotxe que havia de dur les joies a Santa Pola. Quan m'ho va comunicar, una setmana després, vaig tenir la sensació que el món s'obria als meus peus i que l'amo sospitava alguna cosa. Aquella mateixa nit vaig trucar a Eivissa des d'una cabina.

—I què és el que et preocupa, Enric? —va dir

l'americana quan jo li vaig explicar les novetats i els meus temors.

—Que el Ferrandis sospiti alguna cosa.

Es va fer el silenci. Només se sentien els paràsits del fil telefònic.

—Això afavoreix els nostres plans. Quan serà?

—La nit de l'albada, després de la festa.

—Escolta'm bé, Enric. Dos dies després, a les dotze del migdia, la meva llanxa, la *Falaguera* et recollirà al port de Dénia. L'únic tripulant serà en Bernat, ja el coneixes, oi?

—Sí.

—Dos dies. A les dotze en punt. Al port de Dénia.

—I com ho faig?

—Això és cosa teva. Bé t'has de guanyar el teu vint-i-cinc per cent, veritat?

I va penjar.

Un dia abans del cop, vaig tornar a parlar amb ella per telèfon. Em calia confirmar els seus plans.

—Què hi ha de nou? —em va preguntar, quan em vaig identificar.

—Demà és el gran dia.

—I què?

—Vull repassar tots els punts.

—No hi ha cap punt per repassar. Demà passat no, l'altre, a les dotze, al port de Dénia. En Bernat et recollirà. Un cop a Eivissa amb la bijuteria, arreglarem els comptes i podràs volar on vulguis... amb la meva protecció.

—Sense pegues?

—Sense pegues.

—Així, fins aviat.

—No em fallis, Enric. Pensa que sóc bona per

als meus amics, però els meus enemics diuen que sóc una mala bèstia.

Una mala bèstia... Però havia complert la seva part del pacte: m'havia enviat a en Bernat a bord de la *Falaguera* i, un cop a Eivissa, em donaria els diners i la seva protecció. Sobretot, la seva protecció.

La llanxa havia doblat el cap Ventós i ara navegava cap a l'interior d'una cala. Allò no estava previst. Què dimonis passava? Em vaig incorporar i vaig entrar a la cabina del pilot.

—Què passa, Bernat?

—Què ha de passar? No res.

—Com és que entrem en aquesta cala?

—He de revisar el motor. Serà un moment.

No em va agradar el seu to. Però havia d'acceptar els seus arguments, perquè no entenia res en qüestió de navegacions. Vaig entrar a la saleta. L'Anna s'aqueferava a la cuineta de butà amb el peix. Tot el recinte pudia a oli escalfat i a fregitel·la de peix.

—Com va això? —em va preguntar la noia.

—Bé. En Bernat diu que ens hem d'aturar, que ha d'arreglar no sé què del motor.

—Tenim temps de sobres. Mentre ho arregla, ens podrem banyar.

—Jo no. No em ve de gust. Vaig a vestir-me.

Vaig entrar al cambrot. La bossa de cuiro era al seu lloc. Em vaig posar els pantalons damunt del banyador, la camisa, i em vaig calçar les sabatilles de tennis. Quan vaig alçar el coixí per agafar la pistola, l'arma havia volat.

* * *

Vaig obrir la porta del cambrot. Amb una mica

de por i un molt de ràbia. Finalment sabia per què els homes del Ferrandis no eren als Columbrets: no els calia. A bord de la *Falaguera* hi havia algú que m'havia traït dues vegades i que ara em faria la pell.

Tenia por, ja ho he dit, però sobretot ràbia. Ràbia perquè havia estat massa innocent, perquè m'havia deixat caçar com una rata: amb l'esquer atractiu d'una mossa.

En Bernat, de la porta de la cabina estant, em va fer aturar en sec. Duia una escopeta de dos canons, convenientment retallats, i semblava disposat a usar-la.

L'Anna s'estava quieta, davant la cuineta de butà, amb el peix que es cremava a la paella. Feia cara d'espantada. I aleshores vaig comprendre que no era ella, després de tot, la que m'havia traït.

—Quiet, Vidal, no facis cap moviment. No m'agradaria haver de disparar... Faria malbé l'entapissat de la llanxa i a la senyora no li agradaria.

—Ho sap, la mestressa? —vaig preguntar-li.

—No t'interessa, al·lotet. Au, acosta't.

Vaig atansar-m'hi. Em va posar els canons retallats al pit i va girar lentament. Com si l'arma fos un imant, jo vaig girar amb ell. No podia fer res. Un sol moviment i no només em deixaria sec a mi, sinó que mataria l'Anna. Estava perdut.

—I què penses fer? Quedar-te les joies per a tu sol? És un mos massa gros per a la teva boca, Bernat.

—Ja t'he dit que no t'interessa. Tu, nina, vine també.

Vam sortir a coberta. La llanxa estava ancorada al mig de la cala. L'Anna va tenir esma d'apagar el gas i va sortir rera meu.

—No facis res, Anna. Ja ho arreglaré.

—I com ho penses arreglar, milhomes? —va escopir-me en Bernat—. Aquest pic ho tens mal de fer. Venga, baixa a la barca.

Havia aparellat el bot de goma. Vaig baixar per l'escala de popa i em vaig asseure a la barca.

—Tu espera'm aquí, Anna. Tornaré prest.

Va baixar amb precaució, sense deixar d'encanonar-me. Va posar el motor de la barca, va desnuar el cap que ens unia a la llanxa i va conduir cap a la platja.

No comprenia què volia fer. Per què havia deixat l'Anna a la llanxa? I les joies? Pretenia abandonar-me a l'illa i escapolir-se amb la bossa de cuiro? I l'Anna?

Hi havia alguna cosa en els seus ulls que em va fer entendre quins eren els seus plans. No volia abandonar-me a l'illa, sinó liquidar-me. I l'Anna hauria estat un testimoni de l'assassinat. Del meu assassinat. Per això l'havia deixada a la llanxa, convençut que la noia no sabria fer-la funcionar. Després li diria que m'havia abandonat i la desembarcaria a Eivissa. Per a qui treballava, però? Eren ordres de la Marlowe o m'havia venut al Ferrandis? Tant li feia. L'únic que importava, ara, era que allí al davant, en aquella platja deserta em liquidaria.

La platja era a cent metres. Tenia només cent metres de vida. I per més que m'expremia el cervell, no trobava res per a sortir-me'n.

Cinquanta metres. Llançar-me a mar i nedar. No, no era bona idea. Amb una escopeta de canons retallats no es pot fer punteria, però té l'avantatge que un sol tret, a distància curta, cobreix una àrea enorme. Potser no em mataria amb un tret, però em deixaria malferit al seu abast. I aleshores em remataria sense problemes.

Vint-i-cinc metres.

Vaig examinar el terreny. La cala era estreta i fonda. A vint metres de la platja hi havia un pinar. Vaig decidir que, si jo fos ell, evitaria disparar a l'arena —perquè l'Anna ho podria veure tot des de la llanxa— i miraria d'endinsar-se en el pinar, abans del llarg adéu. Si feia això, tindria una ocasió de sortir-me'n. Si no ho feia...

Deu metres.

Vaig decidir que esperaria.

La barca de goma va tocar el fons de sorra i en Bernat va aturar el motor.

—Baixa.

—Què penses fer?

No es va dignar a contestar-me. No calia. Ho sabia massa bé, jo. Vaig baixar de la barca.

—Estira-la fins a posar-la en sec.

Ho vaig fer. Semblava que havia decidir dur-me fins al pinar. Però no em perdia de vista, mentre jo arrossegava el bot i el deixava encallat a frec d'ones.

—I ara què?

Amb l'escopeta em va indicar el pinar.

L'arena era calenta i estava plena d'algues de la turbonada d'ahir. Vaig caminar amb dificultat, amb les sabatilles de tennis mullades. Em vaig aturar i em vaig ajupir per treure-me-les. De cua d'ull, no el perdia de vista. Va dubtar un moment i finalment em va deixar fer.

A la dreta, a una vintena de metres, hi havia les roques que tancaven la cala. Al davant, a cinc o sis metres, començaven els primers pins de la rambla. A l'esquerra s'obria la platja. Darrera, la mar.

Vaig treure'm lentament les sabatilles i, de sobte, em vaig alçar, amb una grapada de sorra a la mà.

La hi vaig llançar als ulls, mentre li colpejava l'escopeta amb les sabatilles. El primer tret va perdre's a l'aire.

A les pel·lícules aquest truc funciona. A la realitat, no. Perquè quan arribava a l'empara dels pins, va sonar el segon tret.

Vaig sentir un cop a l'esquena. Només un cop. Sense cap mena de mal.

Però sabia que m'havia encertat.

ONZE

Vaig córrer uns quants metres més i em vaig amagar entre els pins. Em feien més mal els peus, d'anar descalç per aquell pedregar, que no pas la ferida.

Una humitat calenta em regalimava per l'esquena i jo sabia que era sang.

La meva sort va ser que en Bernat dugués una escopeta de dos canons, que calia recarregar després de dos trets. Això em va permetre amagar-me. Corria en ziga-zaga i no mirava enrera. No valia la pena. Massa sabia què hi tenia, darrera meu.

Va ser la cursa més ràpida de la meva vida.

A poc a poc, vaig sentir una cremor a l'esquena. No la localitzava en cap punt concret de la meva anatomia. Només sentia que s'anava escampant lentament, de l'espatlla a l'espinada, i que em xuclava la força.

Vaig ensopegar amb una arrel que sortia de terra i vaig caure. Va ser com si la caiguda fos definitiva. No em vaig poder aixecar.

La cremor, aleshores, va deixar pas al mal. De primer, com si se m'hagués clavat una estella. Després, més fort. Després, insuportable. Se'm van omplir els ulls de llàgrimes. Tenia els braços insensibles i les cames de goma. Per més que insistia, no aconseguia posar-me dret i continuar corrent. En Bernat em trobaria d'un moment a l'altre i podria disparar a pleret. I allò significava la fi.

Tenia el cap clar, malgrat tot. I se'm va acudir que si aconseguia tornar a la platja i arribar, ni que fos nedant, a la llanxa, l'Anna m'ajudaria. A la *Falaguera* hi havia les joies. Podríem salpar i deixar el mariner amb un pam de nas. Però era conscient que allò no passava de ser el conte de la lletera... Arribar a la platja, nedar fins a la llanxa? Si no em podia ni aixecar de terra!... Vaig somriure com un foll.

M'havia d'aixecar. Ho havia de fer, si no per mi, com a mínim per l'Anna. Per l'Anna i per dignitat. No havia arribat fins aquell punt per deixar-me vèncer així com així. Vaig prémer les dents i em vaig incorporar. Em quedava una guspira de força i el dolor de l'esquena era suportable. Molt més si pensava que, en algun lloc d'aquella rambla coberta de llentiscles i pins hi havia una escopeta a punt per estossinar-me.

Em vaig aixecar i vaig fer unes passes. Trontollava com un borratxo, però un cop acostuma a caminar de bell nou, la cosa no era tan difícil. Em vaig esquitllar cap al pendís de l'esquerra. Hi havia roques i un enteixinat de mates que em permetrien d'avançar d'amagat. Vaig ensopegar un cop més i vaig anar per terra. Era igual. Ara sabia que em podia aixecar i tornar a caminar. Un cop, dos i tants com fes falta. La veritat és que en van fer falta molts. Cada cop em costava més incorporar-me. A més del dolor de la ferida, a més de la fluixesa de les cames, hi havia la por. L'absoluta certesa que rera aquell penyal, aquell pi o aquella mata, sorgiria l'eivissenc amb l'escopeta a punt.

El veia repetit mil vegades, en el microcosmos salvatge que em voltava, en les ombres i en les clapes de sol, en les pedres i en les fulles punxegudes de les mates. Si n'hagués sabut, hauria resat. Però l'únic rés que coneixia era la voluntat de continuar endavant, malgrat la ferida, l'anar descalç i la por.

Vaig començar a enfilar-me entre les penyes, vinclat, amatent a no fer soroll, espantat pel refrec dels meus peus damunt la roca.

Cada minut que passava em neixia un bri d'esperança. Què feia, en Bernat? Em donava per mort i tornava a la llanxa? No sentia el motor del bot de goma, només la remor de les onades. M'esperava a la platja, convençut que tard o d'hora i aniria a petar? Em buscava rambla amunt, cap a l'interior de l'illa?

Vaig intentar pensar amb el seu cap. Havia quedat cec, durant uns moments, per la sorra que li havia llançat als ulls. De pur reflex, havia disparat el primer tret, però el cop de les meves sabatilles de tennis havia desviat l'arma. Amb els ulls plorosos, m'havia vist córrer cap als pins i, sense fer punteria, m'havia engegat el segon tret. Jo havia continuat corrent i m'havia esquitllat entre els pins. Era lògic suposar que en Bernat pensava que no m'havia tocat. Per tant, no havia abandonat la recerca. S'havia aturat un moment per tornar a carregar l'escopeta. Menys d'un minut, però. El temps de fer lliscar els dos cartutxos per l'ànima dels canons bessons. I, després, hauria avançat lentament. Si no em sabia ferit, prendria precaucions. Jo podia estar camuflat rera qualsevol matoll i saltar-li al coll, sense donar-li temps a disparar. Per això es retardava.

Vaig continuar enfilant-me, pendís amunt. Quan arribés al cim de l'espadat dominaria la rambla i podria veure'l. Si és que hi arribava. Un tel vermell em cobria els ulls i panteixava com un animal ferit. Que és el que era.

Vaig seure un moment, protegit per una mata, per tal de recuperar l'alè. El cap em donava voltes. Sabia que aviat perdria els sentits. Abans, però, em calia arribar al cim de l'espadat. Un darrer esforç. Moure la cama, fer força amb els braços, vinclar el genoll dret, pitjar amb el peu esquerre. La suor em brollava a raig fet. Tenia l'esquena paralitzada. Van rodolar unes pedres i em va semblar que era un terratrèmol que em descobriria inevitablement. Vaig romandre quiet, a l'aguait, sense gosar moure una parpella. No va passar res. Vaig prosseguir l'ascensió. Ara ja no anava vinclat, simplement m'arrossegava com un cuc.

Un metre més. Només un metre. Fins aquella mata. Després, uns quants centímetres, només un pam, fins aquell matoll de llentiscle. Una mica més, només una mica.

Vaig coronar l'espadat.

Encastat a terra, intentant protegir-me rera el fonoll i les caramutxes, atalaiava la costa. Davant meu, enmig de la cala, la *Falaguera* em feia la rateta i em cridava. La rambla es perdia en un envitricoll de comes. A l'esquerra, cap al cap Ventós, el puig de la Miranda. A la dreta, cap el cap des Falcó, es penyal Blanc. A sota, l'escopeta maligna de l'eivissenc.

Els ulls se'm tancaven. Sentia un brunzir constant, com d'eixam, que anava creixent al ritme de les ones que morien a frec del bot de goma. A la platja de la cala no hi havia ningú. Vaig sentir el desig de posar-me dret —si hagués pogut!— i cridar el Bernat que pugés, que el joc s'havia acabat. Però no tenia forces ni per fer això.

Vaig tancar els ulls i vaig perdre el sentit.

* * *

Havia perdut la noció del temps. Em desvetllava un moment, potser a causa del mal que sentia a l'esquena, obria els ulls, mirava el mar, mirava la rambla i tornava a perdre el sentit. En el pou negre on queia cada cop que em desmaiava, sentia el rum-rum de la sang que em brollava de la ferida. Em dessagnaria com un porc. La idea de la mort per escolament em revifava. I tornava la sarabanda obrir els ulls, mirar la mar, mirar la rambla, el zumzeig de la sang i de retorn al pou negre.

El sol s'havia aturat com la llanxa. Només les ones es movien amb tota la parsimònia del món.

Vaig decidir que no podia continuar d'aquella manera i em vaig incorporar. Tant me feia que l'eivissenc em veiés. En el fons, suposo, era el que cercava:

acabar d'un cop. Que em veiés, que pugés i que em disparés a cremadent.

L'espadat era tallat a pic, i a la ratlla de la mar hi havia uns esculls vorejats d'escuma. No hi havia manera de baixar-hi. Ni tampoc tenia la força per a fer-ho.

Si volia tornar a la platja, havia de desfer el camí que havia fet suara. De genolls, agafant-me a les mates de fonoll marí que arrelaven entre les escletxes de la pedra, vaig començar a baixar. Unes pedres es van esllavissar, però no en vaig fer cas. L'important era arribar a la platja, ficar-me a l'aigua i nedar fins a la llanxa. l'Anna m'esperava i m'ajudaria.

Vaig perdre l'equilibri i vaig rodolar uns quants metres. Un matoll de fulles punxegudes em va aturar. Em vaig tornar a incorporar. No volia perdre el sentit una altra vegada. Em calia arribar a baix, a l'inici.

El cos ja no em responia. No tenia ni l'espurna de força que m'havia empès fins al cim de l'espadat. Em vaig estirar per tal de descansar i recuperar l'alè.

I aleshores el vaig veure. Amb posat de caçador a l'aguait del conill que se li esmuny. S'enfilava lleuger, amb l'escopeta ridículament curta engrapada amb força. Vaig distingir la suor que li xopava el front, les aixelles i el pit i la ganyota que feia. Venia de dret cap on jo era. No m'havia vist, encara, però no trigaria gaire. Uns quants metres més i em descobriria inerme, desesmat, a punt de tancar els ànecs.

Si hagués tingut la pistola..., però no m'hauria quedat força ni per a prémer el gallet. Vaig tancar els ulls i vaig pensar en l'Anna. Què faria, quan en Bernat tornés? Es creuria que el mariner m'havia abandonat a l'illa? O s'imaginaria l'escena?... Potser havia sentit els trets, de la llanxa estant.

Els detalls del rostre del Bernat, de la tensió dels braços que sostenien l'arma, dels seus moviments cauts, de les pauses que feia per mirar al seu voltant, se'm feien dolorosament propers.

El Moro tenia raó. Les joies estaven maleïdes.

Com una aparició, una mica més avall, sigilosa, avançava l'Anna. Sabia que no podia ser, que era una al·lucinació. L'Anna amb cara d'Anna, amb cos d'Anna, amb el biquini que duia a la llanxa, amb un estri estrany a les mans. Els cabells rossos li queien damunt la cara i ella movia el cap per fer-los enrera.

Era a pocs metres del mariner i a vint-i-cinc o trenta d'on era jo. Aquella al·lucinació significava que estava acabat, que ja m'havia escolat del tot i que en Bernat mataria un cadàver. La idea em va fer gràcia: matar un mort!

Em vaig incorporar sobre el colze i vaig cridar:

—Anna!

No vagi reconèixer la meva veu. Era un rogall esquerdat que va rodolar pel pendís, va rebotre contra les penyes i va caure fins a l'arena de la cala.

Tots dos van alçar el cap. I el Bernat va encararse l'arma. L'al·lucinació de l'Anna va alçar l'estri que duia a les mans, es va sentir un espetec i un xiulet. D'aquella mena de tub que duia va sorgir un arpó, lligat per un fil que va recórrer els pocs metres que els separaven i va clavar-se a l'esquena de l'eivissenc.

Abans de perdre un cop més els sentits, vaig veure l'estupor que es reflectia a la seva cara. Era la sorpresa de mirar la mort de fit a fit.

* * *

El cap em colpejava contra els còdols, les soques i les mates de llentiscle. No em sentia l'esquena però el dolor vell de les costelles em tornava i m'obligava a obrir els ulls.

L'Anna m'arrossegava pendís avall. Vaig intentar incorporar-me per fer-li més fàcil l'operació, però em va ser totalment impossible. Un cop més, el pou negre i vellutat em va acollir, amorós.

Una eternitat o un segon després, el temps ara ja no tenia cap mena d'importància, vam arribar a la fondalada de la rambla. Vaig retornar-me, quan l'Anna, ajupida al meu costat, em treia la camisa per examinar-me les ferides de l'esquena. La noia plorava contingudament, com si no s'adonés. Les seves mans eren expertes; tot i que duia la camisa enganxada a les ferides, quan me la va esquinçar per treure-me-la, no em va fer gens de mal. Es va adonar que obria els ulls i em va somriure, entre les llàgrimes.

—Ja s'ha acabat, Enric, Tranquil·litza't.

—És greu?

—Tens uns quants perdigons. Has perdut molta sang.

—I en Bernat?

Va sanglotar.

—Mort.

—No el podem deixar així, el trobarien i ens buscarien...

—Ja ho havia pensat, però primer haig de curar-te.

Amb les restes de la camisa va improvisar unes benes i uns tampons per tal d'evitar la sagnia.

Em sentia una mica millor, com si la certesa que l'Anna s'ocupava de tot em calmés la cremor i em retornés a la vida.

—Ajuda'm a incorporar-me, Anna... Em sembla que podré caminar fins al bot.

Vaig fracassar en les dues primeres temptatives. A la tercera, això no obstant, ho vaig aconseguir. Recolzat en l'Anna, mossegant-me els llavis per a no cridar i a frec de perdre els sentits a cada passa, vaig aconseguir arribar a la platja. L'Anna em féu estirar a la barca de goma, va avarar-la, s'hi va enfilar i va engegar el motoret.

L'aire de mar i la perspectiva d'un llit, d'una mica de conyac i d'un cigarret em van ajudar a enfilar-me per l'escala del popa.

A coberta, però, vaig perdre el sentit un cop més. Quan em vaig retornar, estava nu, estirat en la llitera de la cabina de bocaterrosa i l'Anna m'aplicava alguna cosa refrescant a l'esquena.

—Anna...

—Et fa mal?

—Ara no.

—Necessites un metge. T'han d'injectar sèrum i cal extreure't els perdigons.

—Dóna'm una mica de conyac i un cigarret. Ara em trobo bé.

Va obrir un armariet, va agafar una ampolla de licor, em va abocar una mica en un tassó de porcellana, amb el nom de la llanxa gravat, i me'l va atansar.

L'alcohol em va cremar per dintre. La seva escalfor em va tornar la sensibilitat a l'esquena. Em feia molt de mal. Devia fer una ganyota de dolor, perquè la noia es va esverar.

—Miraré de fer funcionar la llanxa i tornarem al port de Cabrera... Suposo que el destacament militar deu tenir un metge...

—No, Anna. Abans tenim una feina urgent. Deixa'm reposar una mica.

Va encendre un cigarret i me'l va posar als llavis. Tenia el filtre humit. Amb una sensació d'haver viscut ja l'escena, en sentir la humitat del filtre, em vaig estremir.

—Fes una mica de cafè, Anna, i dóna'm més conyac... Després tornarem a terra.

—Per què?

—Hem d'enterrar el cos de l'eivissenc...

* * *

S'hi va oposar amb tota la seva força. Però estava decidit a estalviar-li una acusació d'homicidi. Tard o d'hora trobarien el mariner, l'identificarien i cercarien la llanxa. Amb les ferides dels perdigons ben tamponades, desinfectades i embenades, em podia moure amb una certa llibertat. M'havia pres uns quants calmants i un anti-inflamatori. Vam buscar eines a la llanxa i vam trobar una mena d'aixada i una pala. Ho vam carregar al bot i vam tornar a la platja de la cala.

L'ascensió al replà de l'espadat on hi havia el cos d'en Bernat em va deixar fatigat i sense alè. Enterrar-lo en aquell roquissar era impossible. Calia baixarlo fins a la rambla i cavar en la terra sorrenca on arrelaven els pins. Si pujar m'havia costat déu i ajuda, baixar amb el pes mort de l'eivissenc encara em va ser més difícil. Ens vam haver d'aturar un munt de vegades i em vaig acabar el conyac de l'ampolla que, en previsió, havia dut.

Quan vam arribar a la fondalada, no tenia forces per manejar l'aixada. Se'n va haver d'ocupar l'Anna. Una hora després, només havia esgratinyat la superfície de la rambla. Tot i la paralització que sentia a l'esquena, vaig agafar l'aixada i vaig començar a cavar amb un fosc determini. Volia esborrar la ganyota de sorpresa que s'havia congelat a la cara del mariner. Cada cop d'aixada era un renec i una purificació alhora. Com si em purifiqués i allunyés, així, la maledicció de les joies. L'Anna enretirava la terra, les pedres i l'arena del forat que anava cavant. La ferida se m'havia tornat a obrir i sentia les benes xopes de sang. Però no em podia aturar. Odiava aquella terra, odiava cada bri d'herba, cada arrel que se m'entortolligava a l'eina, cada gota de suor que em regalimava pel front, pel coll, pel pit.

L'Anna em va fer un gest perquè m'aturés, però no li'n vaig fer cas. Volia arribar al fons de l'illa i extreure'n el dimoni... Vaig cavar fins que vaig caure de genolls, retut. Aleshores l'Anna em va obligar a estirar-me de bocons i em va fer recolzar el cap a la seva falda. Tornava a plorar.

—No ploris, Anna... Ara ja s'ha acabat tot.

—No ho volia fer, Enric... Però eres tu o ell i no he tingut temps de pensar-m'hi.

—Ell m'hauria matat, sense cap remordiment.

—Jo no sabia que estaves ferit... Et buscava per ajudar-te i quan t'he vist, ple de sang, sense ni poder-te moure i... ell... amb l'escopeta a la cara, no he sabut què em feia...

Em vaig aixecar d'una revolada. No podíem continuar allí, desesperant-nos, davant la presència maleïda del cos de l'eivissenc. El vaig engrapar per la camisa, li vaig arrabassar l'arpó que encara duia clavat a l'esquena i el vaig fer rodolar a l'interior de la fossa. Vaig netejar l'arpó amb un drap i el vaig tirar, al costat del cadàver. Després vaig agafar la pala i, amb les restes de la força que m'havia mantingut dret, vaig començar a tirar-hi terra al damunt.

L'Anna em mirava amb ulls de boja. Li vaig fer un gest, per tal que m'ajudés. Es va agenollar a la vora del sot i amb les mans nues va començar a empènyer la sorra, els còdols i la terra.

Vam trigar dues hores a cobrir el forat.

—On és l'escopeta submarina? —li vaig preguntar.

—Allí dalt.

—Vés-la a buscar. No podem deixar cap prova.

Va pujar pendís amunt. L'esquena em feia molt de mal i tot jo cremava de febre. Em vaig repenjar en un pi i vaig fumar un cigarret. Al cap d'una bona estona, la noia va aparèixer amb l'escopeta submarina.

—Anem.

Però ja no em podia moure. Havia exhaurit la meva voluntat. Em vaig penjar del coll de la noia i vam tornar al bot de goma.

El sol davallava rera la tossa del puig de la Miranda. Em vaig estirar al fons de la barca i vaig deixar que l'Anna l'avarés, posés en marxa el motor i menés l'embarcació fins a la llanxa. Amb prou feines vaig poder pujar els quatre esglaons de l'escala.

Ara podia descansar.

* * *

Tenia molta febre. Em sentia immers en un núvol de cotó-fluix que m'embolcallava i apaivagava la llum i el moviment. Tot i que em sabia acabat, m'omplia una exaltació estranya, com si ja hagués arribat a Eivissa, com si ja hagués lliurat la bossa de cuiro a la Marlowe i com si el Ferrandis no existís. No volia pensar que érem enmig de la mar, en una llanxa que no sabíem fer funcionar i que la mort s'havia instal·lat al meu costat, esperant la seva oportunitat per arrossegar-me.

L'Anna no es movia de la meva vora. Em donava medicaments de la farmaciola de l'embarcació, m'obligava a beure aigua i em posava tovalloles humides al front.

M'hi sentia bé, en aquell cambrot, sense moure'm, estirat al llit, en una mena d'endormiscament desproveït de voluntat.

Em va desvetllar el motor de la llanxa. Era una remor llunyana però persistent que feia estremir el cambrot, el llit i la ferida, que s'acoblava a les punxades que sentia a l'esquena i que ritmava els meus pensaments.

—Anna!...

Va trigar molta estona a entrar al cambrot.

—Com estàs?

—Tinc molta febre... Què fas?

—Necessites un metge. Enric. He posat en marxa els motors i miraré d'arribar a terra.

Arribar a terra... No, no en tenia ganes. Em trobava a gust i no volia canviar res de la meva situació actual.

Vaig passar molta estona condormit. Quan despertava, tot i la febre, sentia el renou del motor i sabia que l'Anna intentava dur-me a terra, a algun lloc que hi hagués un metge que curés la ferida que ara ja no sentia.

En Bernat coneixia el Ferrandis. Suposo que quan la Marlowe li va encarregar que em recollís a Dénia, el va telefonar i li va dir quines instruccions li havien donat. Per això el Monsonís, el Gomis i el sudaca m'esperaven. Després, quan va recollir l'Anna i la noia li va dir que hi havia una nova cita per a l'endemà, al port esportiu del Grau de València, en Bernat devia trucar altre cop al Ferrandis. Per això sabien, també la segona cita.

Finalment, el Ferrandis li havia encarregat a ell mateix que recuperés les joies, després d'embarcar-me als Columbrets. Era una explicació lògica. L'única explicació lògica. La que exculpava plenament l'Anna. No tenia dret a sospitar d'ella. M'havia volgut robar les joies, a la carretera de Monòver a Villena, però després havia jugat net. Més net del que calia. Perquè podia haver-me abandonat quan jo li ho vaig dir.

Necessitava veure-la i demanar-li perdó. Volia dir-li que jo també l'estimava i que si sortia d'aquell atzucac aniríem junts a Viena i ja no hi haurien més pinxos del Ferrandis, ni mariners eivissencs, ni policies que ens empaitessin. Li volia dir que li faria oblidar aquell malson que havíem viscut plegats.

Amb la urgència de parlar amb ella, em vaig incorporar i vaig sortit del cambrot. L'Anna era a la cabina del pilot i agafava ben fort el volant de la llanxa. Davant nostre, a dos o tres quilòmetres, hi havia una costa, una entrada de mar i un poble. No em va sentir arribar. Els seus ulls fitaven l'entrada del port com si volgués atreure'l, escurçar la distància que encara ens separava.

—Anna!...

Es va girar amb un esglai.

—Enric!... Per què t'has aixecat? Què et passa?

—Anna... volia demanar-te perdó... i dir-te... que jo... també t'estimo...

Vaig perdre el coneixement.

* * *

El metge era vell, tenia els cabells esblanqueïts i li tremolava el llavi jussà. Vaig comprendre de seguida que era el metge per la concentració amb què em mirava l'esquena.

—Hi ha perill d'infecció. I, a més, haurem d'avisar la policia...

—Primer curi'l, doctor, i després ja anirem a parlar amb la policia.

—Li faré mal... —em va dir, en veure'm conscient.

—És igual, doctor. No ve d'una mica.

Me'n va fer de valent. Tant, que vaig cridar i em vaig desmaiar.

Quan em vaig retornar, m'havia posat sèrum amb una ampolla de gota a gota que penjava d'una de les lleixes del cambrot i estava a punt de posar-me una injecció al braç.

—Això el farà dormir...

Amb el líquid que m'entrava a la vena, va entrarme una gran pau i una somnolència que no era provocada per la febre. Vaig somriure i li vaig dir:

—Gràcies, doctor.

Però les paraules se'm van enganxar al paladar i ja no vaig poder pronunciar-les. M'havia quedat adormit.

Era conscient que dormia profundament. No temia l'arribada dels guàrdies civils, ni que em detinguessin, ni que el meu viatge s'acabés en aquell port mallorquí. Tant m'era tot. Finalment, podia descansar, sense la pesantor de la febre, sense el mal a l'esquena, sense el desvarieig constant de les darreres hores.

* * *

Em vaig despertar molt feble però amb una sensació de net i de descansat que em va fer pensar que tenia una possibilitat de sortir-me'n. Se sentia el motor de la llanxa.

—Anna! —vaig cridar.

La noia va aparèixer a la llinda del cambrot.

—Com estàs, Enric?

—Tinc gana.

—No m'estranya. Has dormit quarant-vuit hores seguides.

—I el metge? Com és que no han vingut els civils?

—No et preocupis, ja està tot arreglat... L'he convençut que no avisi la policia.

—On som?

—Enmig de la mar.

—Naveguem?

—Camí d'Eivissa.

Camí d'Eivissa... Finalment.

i DOTZE

Camí d'Eivissa...

L'Anna em va preparar una mica de menjar: un brou sintètic i una truita. Vaig prendre, també, calmants i unes pastilles que el metge li havia deixat. Malgrat que em sentia molt feble, l'esquena no em feia mal i el sèrum m'havia retornat.

—Com t'ho vas fer per trobar un metge? —li vaig preguntar mentre menjava.

—Vaig ancorar a l'entrada de la Colònia de Sant Jordi. Tu t'havies desmaiat i jo estava molt espantada. Amb el bot de goma vaig arribar al port, vaig preguntar al pòsit si hi havia algun metge, amb l'excusa que teníem un malalt a bord, m'ho van indicar i vaig tenir la sort de trobar-lo a casa. Li vaig dir que estaves ferit, que una escopeta de caça se t'havia disparat i que tenies uns quants perdigons al cos...

—I com el vas convèncer, després de curar-me, perquè no avisés la policia?

—Li vaig explicar un sopar de duro. Havies begut més del compte, havies intentat abusar de mi i t'havia disparat... Estava molt espantada i no volia que la policia em detingués... Era un home xapat a l'antiga, i una noia jove i tota plorosa el va convèncer... Qüestió de parola.

—I mentre jo dormia, què vas fer?

—Vaig deixar la llanxa ancorada a la badia. Per si tornava a necessitar un metge.

Camí d'Eivissa.

Vaig fer una mica de migdiada i em vaig aixecar per anar al lavabo. Les cames encara no m'aguantaven amb fermesa, però com a mínim em podia moure.

L'Anna no es movia de la cabina. Trobar la ruta d'Eivissa enmig de la mar, sense cap indicació, només amb l'ajuda del sextant, del compàs i dels mapes, em semblava impossible. Però de més verdes en maduren.

Vaig passar tota la tarda a coberta, estirat de costat, fumant i pensant. Semblava mentida, però aquella noia havia aconseguit el que jo tot sol no hauria fet mai. I ara em duia a Eivissa. Perquè estava segur que ho aconseguiria.

Hi vam arribar a hora foscant. A les envistes de l'illa, vull dir. Aleshores ja no calien mapes, ni calcular res. Simplement enfilar la proa cap al relleu de la costa i bandejar possibles obstacles.

L'Anna va sortir de la cabina amb un mapa de l'illa.

—On viu la senyora Marlowe?

—A Portmany. Té un xalet en una urbanització anomenada Stella Maris, a cala Gració.

Va localitzar el topònim al mapa.

—Haurem de vorejar bona part de l'illa.

—Avui ja no, Anna... Voldria sentir-me més fort abans d'enfrontar-me amb l'americana. Busca un lloc on puguem passar la nit, i demà serà un altre dia...

—Millor, perquè de nit no sé si me'n sortiria...

Vam entrar a una cala que segons el mapa es deia cala d'En Serra, arredossada a la punta des Gost, i van ancorar. L'aigua amb prou feines es movia i al lluny distingíem els llums d'algun poble o d'alguna urbanització.

Vam sopar conserves i formatge i vam beure cervesa. L'Anna semblava molt contenta. M'encomanava la seva alegria.

—I ara què? —va preguntar.

—S'ha acabat, Anna. Demà parlaré amb la Marlowe i li donaré les joies. Després, un avió i Viena. No més persecucions, no més ensurts.

—I jo?

—Tu vindràs amb mi. No vull perdre't, ara que hem arribat al final.

Es va aixecar i se'm va atansar. Vaig alçar la cara. Em va besar.

—Gràcies, Enric.

Vaig retenir-li la cara amb les mans i vaig besar-li els ulls i el coll.

—Vine —em va dir.

Em vaig incorporar i la vaig abraçar. Em va empènyer cap al cambrot.

—Anna...

—Tu i jo tenim un afer pendent... On érem quan ens van interrompre a Alcoi?

Em vaig estirar damunt de la llitera. En tocar el llençol, la ferida de l'esquena em va punyir i vaig fer una ganyota de dolor.

—Et fa mal? —em va preguntar amb un fil de veu.

—No.

—Tanca els ulls.

Vaig obeir-la. Les seves mans em van fer lliscar el banyador pels malucs i per les cames. Vaig sentir els seus llavis al coll, a l'espatlla, al pit, atardant-se damunt els macats. Va anar baixant fins al ventre, fins al sexe, que sentia tens i anhelant.

Enmig del plaer que m'arrossegava, vaig sentir una punta de temor, com si repetir l'escena de l'hotel d'Alcoi comportés l'aparició del Mike i del Moro i l'inici de la fugida.

Però ningú no ens va interrompre.

* * *

Em vaig despertar a trenc d'alba. Una claror somorta entrava per l'ull de bou. L'Anna jeia bocaterrosa al meu costat. Em vaig incorporar i la vaig mirar. Tenia la cara girada cap a mi. Només li veia un ull i mitja boca. Somreia. La vaig besar. Va obrir els ulls, em va mirar i m'obligà a abraçar-la.

—Vine, Enric.

Vaig sentir la necessitat urgent de fer l'amor un cop més. Era com si em volgués rescabalar del temps perdut lluny d'aquell cos que em feia vibrar i em retornava les forces. Li vaig besar els pits, el ventre, el sexe.

—T'estimo, Anna.
—I jo a tu.
Sense la urgència del desig vam fer l'amor amb lentitud, assaborint els nostres cossos.
Després, quan m'estirava exhaurit al seu costat, em va dir:
—T'he de canviar les benes.
—Ara no, Anna.
—Sí, ara.
M'obligà a posar-me de bocons i em va destapar la ferida.
—Com està?
—Cicatritza.
Va anar a buscar benes netes i una pomada, i em va posar un apòsit, enganxat amb esparadrap.
—Pots moure bé el braç?
Vaig intentar-ho. Gairebé no em feia mal.
—Sí.
—Doncs salparem!
I va sortir del cambrot, en direcció a la cabina, nua, sense preocupar-se de no dur ni un fil de roba.
Em vaig rentar el cos al lavabo i vaig decidir que em vestiria. Necessitava roba, però. Vaig entrar al cambrot de l'eivissenc. la seva roba em venia una mica baldera. Em vaig posar uns pantalons vaquers i una camisa de màniga curta. Quan buscava unes sabates o unes sandàlies al caixò de sota la llitera, vaig trobar la meva pistola. Millor dit, la pistola del Moro. Vaig obrir el tambor: hi quedaven quatre bales.

* * *

Vam vorejar la costa nord-oest, camí de la badia de Portmany. Hi havia una gran quantitat d'embarcacions de turisme. Vam voltar la punta des Gost, vam sobrepassar cala Portinatx, amb la urbanització al fons, l'illot d'En Calders, el port de Balansat, cala Aubarca i vam lliscar per la costa fins al cap d'En Nunó.

A punta de migdia deixàvem enrera el cap Negret i entràvem a cala Gració.

La urbanització Stella Maris era d'un luxe espaterrant però equilibrat: cases d'estil eivissenc, d'un blanc que feia mal d'ulls, jardins de gespa amb aspersors que la mantenien humida, arbres de pisos, palmeres, fruiters...

—Mira —vaig indicar a l'Anna—. Aquella és la casa de la Marlowe.

—Hi havies estat mai?

—No, però n'he vist fotografies.

Vam ancorar al bell mig de la cala i vam apariar el bot de goma per anar a terra.

Abans, però, vaig decidir menjar alguna cosa.

—Vols que em quedi a la llanxa? —em va preguntar l'Anna mentre obríem una llauna de sopa preparada i escalfàvem oli per fregir dos ous.

—No. Baixarem junts a terra i aquesta mateixa nit anirem a la Vila. No em vull quedar més temps del necessari amb la Marlowe.

I li vaig explicar quina mena de relacions havíem tingut, l'americana i jo.

—No em pensava que tinguessis aficions de gigolo... —va somriure.

—I no les tinc. No sé què em va passar... Vaig perdre el senderi. T'adverteixo que, al llit, era de primera.

—Mira, que em posaré gelosa...

Li vaig fer una moixonia.

Vam dinar. Ara ja em sentia amb prou forces per tal d'enfrontar-se amb l'americana. L'Anna es va vestir amb roba que li havia comprat a Dénia. Jo em vaig posar la pistola al cinturó, dissimulada pels faldons de la camisa. No és que temes res, però m'havien agafat desprevingut massa vegades, darrerament.

L'Anna va menar el bot de goma fins a la platja i el va encallar. Hi havia molta gent que es banyava. Gent rica, amb els cossos emmorenits, voltada de tota mena d'estris per al seu confort: matalassos de goma, para-sols multicolors, ràdios portàtils, gandules i una varietat notable de *wind-surfs* i altres galindaines.

Vestits de cap a cap, amb les sabates a la mà i la bossa de cuiro penjada al coll, devíem fer una fila estranya, perquè tothom ens mirava.

Ens vam enfilar per uns graons de ciment que pujaven cap a la urbanització.

El xalet de *mistress* Marlowe tenia el nom dibuixat amb ferro forjat a la cleda: *Play back*. Vaig recordar que la Deborah m'havia contat, entre abraçada i abraçada, que havia fet carrera pels escenaris de Broadway fins que el seu marit la n'alliberà.

Hi havia dos cotxes davant la casa. Un Citroën petit, imitació d'un *jeep* i un Talbot solara de color blanc, tots dos amb matrícula PM.

La gespa semblava postissa, de tan verda i lluent.
Un senderol de lloses la migpartia polidament. Vam caminar pel senderol, vam arribar a la porxada que protegia la porta, i vaig trucar al timbre.

M'obrí una noia jove i més aviat grassa, que per la pinta semblava illenca. Li vaig parlar en català:

—Què hi és la senyora?

—De part de qui?

—Vidal, Enric Vidal. M'espera.

—S'esperi un moment que l'avisaré...

Va desaparèixer passadís enllà. La decoració del rebedor —enorme— s'assemblava a la mestressa: sofisticada i una mica vulgar. Hi havia una manta índia penjada en un dels panys de paret. Els mobles eren d'allò que hom sol anomenar pomposament estil «espanyol antic», més aviat foscos i amb ferros forjats. En unes lleixes d'obra, hi havia ceràmica popular illenca: siurells de Mallorca, terrissa de Menorca i reproduccions —o originals, aneu a saber— de ceràmica púnica eivissenca.

Un canterano antic, amb panys i nanses de llautó i amb un quinqué d'alabastre al damunt completava la decoració. El taconeig urgent d'unes sabates femenines em va arrencar de la contemplació d'aquell aiguabarreig.

—Hola, Deborah.

Duia un vestit de color fúcsia, molt ample i que li transparentava la morenor del cos.

—Em pensava que no vindries, ja, Enric.

—Anna —vaig girar-me cap a la noia—. Aquesta és *mistress* Marlowe.

—Hola —va dir secament l'Anna.

—En Bernat me'n va parlar per telèfon. On és, per cert? I la llanxa?

—Ja t'ho explicaré.

—Veniu amb mi.

Vam recórrer el passadís. Al fons hi havia un pati interior, amb una font àrab. Al pati hi donaven totes les cambres del xalet, amb grans finestrals i cortines de randa que tamisaven la llum.

Ens féu entrar per una finestra-corredora a una

sala enorme, amb llar de foc, butaques de totes mides, un balancí Kennedy i un xèster de cuiro, tauletes baixes amb porcellanes de Sèvres i llums amb peus de marbre. A les parets, un parell de milenars de llibres curosament relligats en pell.

—Seieu... Voleu prendre alguna cosa?

—Anem per feina, Deborah. T'he portat les joies.

Vaig deixar caure la bossa de cuiro enmig de la sala. Tot i la catifa oriental, la quincalla va tintinejar.

—No tinguis tanta pressa, Enric.

Va tocar una campaneta, mentre seia. Silenciosa com una aparició va presentar-se la noia eivissenca.

—Serveix-nos el te.

Vaig seure amb resignació. L'Anna es va quedar al costat del finestral, dreta, com si li espantés alguna cosa d'aquella casa o d'aquella dona.

Devia fer algun gest de dolor o de cansament, en seure, perquè la Marlowe em va preguntar.

—Et passa alguna cosa?

—M'han ferit. Un tret de perdigons a l'esquena.

—Qui?

—El teu mariner, Deborah.

—On és ara?

Vaig fer un gest d'indiferència:

—No crec que torni... Hem deixat la llanxa ancorada a la cala, no et serà difícil recuperar-la, si trobes un altre tripulant...

—Per què et va ferir?

—Treballava per al Ferrandis. Em va vendre. Per això he arribat tan tard. Primer a Dénia. Després, amb l'Anna, havíem establert una nova cita a València i també allí hi havia els homes del Ferrandis. Finalment ho va intentar ell en persona... No va tenir sort.

Va entrar la minyona amb un carret de rodes i tots els fòtils del te en porcellana anglesa. L'americana, com una reina, es va dedicar a servir-nos sengles tasses de beuratge. Hi havia pastissos de totes mides i de tots colors.

—I bé? —va dir, un cop servits l'Anna i jo.

—Això tu. T'he portat les joies. Ara és el teu torn.

—Què vols dir?

—Els diners. I un passatge d'avió. I la teva protecció. Era el tracte, no?

—Era el tracte, Enric. Però ja no em convé. No m'interessen, les joies.

Vaig sentir un calfred a l'espinada i una onada d'indignació que em pujava a la cara.

—Què vols dir?

—De fet, les joies no m'han interessat mai. Només m'interessaves tu. Vaig pensar que seria un bon sistema de tenir-te al meu costat per sempre. Però m'han convençut que m'havia equivocat.

—Qui t'ha convençut?

—Jo, Vidal.

Era el Ferrandis.

* * *

Havia entrat per una porta del fons de la sala. Vestit de blanc, impecable i implacable. Al seu darrera, com una ombra, l'arma al puny, hi havia el Monsonís.

—No et moguis, Vidal. No tens res a fer. Qui me la fa me la paga.

El seu accent valencià, passat pel nord d'Àfrica, que arrossegava les erres i que li donava un punt d'exotisme, no encaixava en aquella sala plena de bibelots cars.

—Així que aquest és el final... Em pensava que, un cop eliminat el Bernat, m'hauria desempallegat de tu per sempre.

—El Bernat? Quin Bernat?

Va ser com si em colpegessin la ferida. En Ferrandis no feia mai bromes i, molt menys, en una situació com aquesta. Si ell no sabia de qui li parlava... Em vaig girar cap a l'Anna. La noia semblava emporugida. Potser per l'expressió de la meva cara, potser per les paraules del Ferrandis.

—Ja us coneixieu? —vaig dir, assenyalant el *pied-noir*.

La noia va moure el cap. Els ulls li espurnejaven.

—Enric, jo... no...

—Ferrandis... Aquesta és l'Anna... Anna, aquest és el Ferrandis.

El valencià va esclafir a riure.

—Hola, Anna... Molt de gust de conèixer-te.

—No us coneixíeu? —vaig insistir.

—Només havíem parlat per telèfon. Unes quantes vegades.

Vaig comprendre-ho tot. El perquè de la presència del Moro i del Mike a l'hotel d'Alcoi, per exemple. L'Anna havia trobat el nom i el domicili del Ferrandis a la cèdula d'identificació de l'Austin i, després de robar-me les joies, l'havia telefonat de la benzinera estant, comprometent-se a arrossegar-me fins a l'hotel d'Alcoi. O la cita frustrada de Dénia. O la de València. O la presència del Ferrandis i del Monsonís al xalet *Play Back* de la Marlowe. Mentre jo jeia inconscient a la *Falaguera*, ella, a més de buscarme un metge, havia aprofitat l'estada a la Colònia de Sant Jordi per telefonar per darrera vegada al Ferrandis.

I en Bernat? Quin paper hi havia jugat l'evissenc en tota aquesta conxorxa?

Vaig engrapar l'Anna pel braç i l'hi vaig retòrcer. Tant me fotia el Monsonís i la seva pistola...

—I en Bernat? Què hi pintava?

—Deixa'm, Enric, jo no volia... Va ser ell que em va obligar... —i assenyalava el Ferrandis.

—Ell? Va ser ell que et va obligar a posar-t'hi en contacte?... Vas ser tu, preciosa, que vas pensar que jo no me'n sortiria i que si volies la teva part de les joies, el millor que podies fer era vendre'm a l'amo. Però contesta'm... Per què em volia matar en Bernat?

—Li vaig parlar de les joies. I li vaig dir que si les dúiem nosaltres al teu amo, ens donaria molts diners... Vam decidir que et deixaríem a terra a qualsevol banda i tornaríem a Santa Pola amb les joies... Per això et volia eliminar. Però no ho havíem planejat així. Quan vaig veure l'escopeta i la intenció que tenia, us vaig seguir... Recorda-ho, Enric... Et vaig salvar la vida!

—I després em vas tornar a vendre!

Li vaig colpejar la cara amb ràbia. La noia va caure a terra.

—Deixa-la, Vidal... La xiqueta és intel·ligent i sap al costat de qui ha d'estar —va dir el Ferrandis.

Les seves paraules van ser com un fuet que em colpegés la cara. Però en el fons, tenia raó: jo no era més que un fracassat. La Marlowe m'havia embarcat en aquella aventura per poder-me posseir com si fos un animal o un objecte. L'Anna m'havia traït per assegurar-se la seva part a l'hora del repartiment. Per què apostar per un cavall perdedor, si pots ferho per un que guanya sempre?

Havia rebut per totes bandes i em sentia derrotat. El cansament em pesava com una armadura de ferro.

Em vaig girar cap al *pied-noir*. Somreia amb menyspreu, segur de la seva victòria. Però jo tenia un trumfo, encara. Un trumfo que se'm clavava a la cintura, per sota els faldons de la camisa.

Vaig atansar-me a la bossa de cuiro i m'hi vaig plantar al davant.

—Bé, s'ha acabat la broma. Aquí tens les joies, Ferrandis... Què penses fer?

—No crec que t'interessi gaire.

—Vine, doncs, i agafa-les.

Va fer un gest.

El Monsonís va sortir de rera seu i se'm va acostar amb l'arma a punt. Jo sabia que el Ferrandis no duia cap arma: no li agradaven i tenia prou diners per fer que les duguessin els altres. La Marlowe no em preocupava. Havia esdevingut una simple espectadora. Es llepava els llavis i els seus ulls espurnejaven: li agradava la violència, la duia a la sang i sabia prou bé com acabaria tot allò.

—Dona'm la bossa, Vidal.

—Tu mateix, Monsonís.

Va fer dues passes més.

Aleshores em vaig ajupir amb lentitud, vaig agafar la nansa de la bossa i la vaig alçar. La hi vaig oferir, fent-la gronxar lleument. El Monsonís va fer una altra passa i va estirar la mà esquerra. Ara el tenia al meu abast. Al temps que em deixava caure de genolls, vaig tirar amunt la bossa i li vaig colpejar l'arma. La bala es va incrustar al cel ras. El Monsonís va saltar de costat i va intentar apuntar-me. Però jo ja tenia el revòlver del Moro a la mà i li disparava a cremadent. De tan a prop, la bala li va fer un esvoranc al cap i la seva sang em va esquitxar. Va caure rodó a terra. La seva pistola va rodolar per la catifa, en direcció al *pied-noir*. M'hi vaig llançar, però vaig arribar tard: el Ferrandis ja era de grapes per terra, havia recollit l'automàtica i premia el gallet. La bala se'm va clavar al costat dret. Només vaig sentir el cop, com l'altra vegada. I no el vaig deixar disparar un altre cop. Dos trets li van segar la vida, just en el moment en què ho tenia tot a les mans.

Vaig recollir la bossa i vaig sortir de la sala. Les cames no em responien i vaig creuar el pati fent tentines.

* * *

Fugir, aquesta era l'única idea que se m'havia clavat al cervell i que m'empenyia endavant, passadís enllà, porta enllà, jardí enllà, carrer enllà.

Sentia els crits de la minyona eivissenca i els renecs en anglès de la Marlowe. Tant m'era. Vaig arribar a l'escala de ciment que baixava a la platja. Els estiuejants em miraven com si fos un ca rabiós. La pistola i l'expressió dels meus ulls els mantenia allunyats. Vaig arribar al bot de goma, vaig ficar-hi la bossa i vaig arrossegar-lo mar endins.

Una mà em va ajudar. Em vaig girar. Era l'Anna. Sense dir res, amb un posat de decisió, estirava la corda, m'empenyia dins la barca, hi entrava i posava el motor en marxa.

Tenia la camisa xopa de sang. De la meva sang i de la sang del Monsonís. Em vaig prémer el costat amb la mà esquerra. La sang se m'escolava entre els dits.

El bot s'atansava a la *Falaguera*. L'Anna va aturar el motor, es va posar dreta i va agafar el cap que penjava de popa. Amb habilitat de mariner, va fer una baga, va pujar els esglaons, em va mirar de fit a fit i em va allargar la mà per ajudar-me.

Vaig dubtar un moment. No duraria gaire. Sentia que la vida em fugia per la ferida. Vaig donar-li la mà esquerra i ella em va estirar. Vaig perdre peu. No volia deixar l'arma, però. Em quedava una bala. I encara tenia feina.

Finalment, la noia em va hissar a bord. Després es va ajupir i va engrapar la bossa. Sobretot la bossa. La maleïda bossa.

Vaig quedar estenellat a coberta. El costat em cremava. La ferida de l'esquena se m'havia tornat a obrir i també em feia mal.

La noia, sempre silenciosa, es va ficar a la cabina i va engegar els motors de la llanxa. Va sortir-ne de seguida, va estirar el cap que subjectava l'àncora i va pujar-la a bord. La llanxa es movia. Va tornar corrents a la cabina, va aferrar al volant i va menar l'embarcació cap a la sortida de la cala.

A la platja s'hi havia aplegat una munió de gent que cridava i assenyalava cap a nosaltres. Però anaven fent-se petits i les seves veus ja no m'arribaven.

Em vaig incorporar. Encara podia moure el braç dret. Em vaig treure la camisa. La bala del Ferrandis m'havia fet un forat paorós i la sang brollava a raig fet.

Em vaig tamponar la ferida amb la camisa. Em vaig posar dret. Les joies. Les maleïdes joies. Vaig obrir la bossa. Lluïen sota el sol ponent com un desafiament, com un insult. Una a una, sense aturarme, les vaig anar llençant per la borda. Feien xap, obrien una mica les ones i es perdien de vista.

Mentre la bossa s'anava buidant, em vaig sentir alliberat, purificat. L'Anna em mirava des de la cabina. Va venir corrents.

—No, Enric, no ho facis.

Em va prendre la darrera joia de les mans. Era una corona d'or, amb maragdes i robins. Em va colpejar amb la joia. A la cara, al pit, al ventre.

—Per què ho has fet, Enric?

Encara em podia moure. Li vaig clavar una empenta, vaig engrapar la pistola i vaig disparar.

—Adéu, Anna!

La noia em va mirar de fit a fit. Amb ràbia. I va caure per la borda, seguint les joies, amb la corona valenciana aferrada a la mà.

La *Falaguera* navegava a mar obert, sota la llum daurada del sol ponent que resplendia com una joia.

Vaig llençar la pistola, vaig caure de genolls i vaig plorar.

—Adéu, Anna!

Barcelona, Ger de Cerdanya,
Port de Manacor, 1982

PROPOSTES DIDÀCTIQUES

1. La fugida de l'Enric Vidal s'esdevé per tot el sud valencià. Repassem, doncs, geografia. Digues a quina comarca pertanyen les següents poblacions. Ajuda't, si cal, d'un mapa.

Elx
Novelda
Monòver
Santa Pola
Alcoi
Ibi
Xixona
La Vila Joiosa
Benidorm
Finestrat

2. Sobre un mapa de Mallorca i Eivissa traça l'itinerari que inicien l'Enric i l'Anna a les Columbretes. Pensa que el coneixement que obtindràs fent-ho et pot ser molt útil si et decideixes a viatjar per les Illes. Ja tens edat de plantejar-t'ho.

3. Fixa't ara en els personatges, que solen classificar-se en plans i complexos, entenent com a plans els que es defineixen amb molt pocs trets psicològics, sovint perquè no són individuats sinó que apareixen només en relació amb els personatges principals. D'acord amb aquests principis, estableix una classificació de personatges. És clar que alguns et poden fer dubtar perquè, quant a definició psicològica, es troben en un grau intermedi. Quins són?

4. Pel que fa a personatges, quin sosté el punt de vista de la narració? És un narrador omniscient? Quina importància té el fet que ho siga o no en el desenllaç?

5. Analitzem el personatge femení. Plantegem-nos-el des del seu grau d'independència. Per a tractar aquest tema podem documentar-nos a l'entrada «*Dona a la novel·la negra, La*» del *Diccionari de la novel·la negra nord-americana*, de Xavier Coma. Sobre aquest punt tant es pot fer un debat a l'aula com escriure un assaig. Espere que les feministes esmolen la dialèctica.

6. Per tal d'entendre algun personatge caldria cercar informació suplementària. Per exemple: qui és *pied-noir*? Saps què és un *pied-noir*? Hi ha un llibre que pot ser-te útil: *Alacant, 30.000 pied-noirs*, d'Antoni Seva. Aquest és un capítol molt interessant de les relacions dels valencians amb el nord d'Àfrica.

7. Un dels recursos típics del gènere negre és el que podríem dir de finals successius, i això és possible perquè un *final* només ho és aparentment i uns esdeveniments posteriors i definitius el rectifiquen. Així doncs, cerca en la història aquest fals final i analitza la manera en què el final autèntic el contradiu. Fes memòria i mira si coneixes algun cas de fals final en alguna pel·lícula del gènere policíac o negre.

8. Documenta't sobre les diferències entre novel·la negra i policíaca i, en conseqüència, classifica *La corona valenciana* en un dels dos subgèneres.

9. La segona part de la novel·la, dita «Entre el xaloc i la tramuntana» va encapçalada per una sèrie de dedicatòries. A quins personatges? Veges de quins pots trobar informació. Creus que la tria de Jaume Fuster a l'hora de fer aquestes dedicatòries declara alguna intenció? Parlem-ne.

10. És normal en les narracions d'aquest gènere el recurs a l'argot, al llenguatge col·loquial i fins i tot al vulgar. Busca en el text cinc paraules que es puguen incloure en aquest apartat i dóna'n les equivalències en la llengua estàndard. Com ara *pinxo*: individu fort i agressiu, *andova* o *paio*: individu.

GLOSSARI

abast: distància a la qual es pot arribar.
aborigen: originari del país on viu.
aigüera: pica per rentar els plats.
alè: aire que ix dels pulmons en la respiració.
alleujament: alliberament parcial d'un patiment.
alzina: arbre de fulla perenne que produeix abellotes.
ancorar: tirar l'àncora d'una embarcació.
ànima (d'un canó): l'interior, per on passa el projectil.
apaivagar: calmar, apagar.
apariar: reparar, preparar.
aperduat: decadent, que ha tingut pèrdues.
aqueferar-se: prendre faena, quefer.
Arbeca (baixar d'): no saber res.
argent viu: mercuri.
arraïmar: amuntegar, fer pinya.
arranat: tallat molt curt, arran de superfície.
arranjar: disposar, parar.
atalaiar: mirar al lluny des d'un punt alt.
atansar: acostar, apropar.
atot: carta que en el joc guanya les altres, trumfo.
atrotinat: molt usat; irreflexiu.
avarar: posar en mar una embarcació.
avenc: cova vertical.
avorar: posar a la vora, acostar.
barjaula: prostituta.
balou: caixó o caseta que cobreix l'escotilla.
bandejat: apartat, expulsat.
basques: nàusea, regirament d'estómac.
becaina: becada, dormida curta.
beuratge: poció, beguda desagradable.

blegar: doblegar.
bocaterrosa (de): de cara a terra.
bocí: tros.
bocons (de): de boca per avall.
bolquer: peça de tela per embolicar les criatures.
bonior: remor, zumzeig.
bordeus: color de vi, roig clar.
botit: inflat.
bou (barca de): embarcació dedicada a la pesca d'arossegament.
bressoleig: moviment suau de vaivé.
brocs (no estar per): no estar disposat a desviar l'atenció del que es considera més important.
bròquil: varietat de col.
buscall: tros de llenya prima.
butllofa: bufa que s'alça en la pell per una cremada, fricció, etc.
cafarnaüm: confusió, desordre.
calfred: estremiment amb calor i fred alhora.
calitja: boirina.
càntir: botija.
caut: amb prudència, precaució.
condormir: començar a adormir-se, endormiscar-se.
calitjós: que té calitja, boirina.
camafeu: pedra preciosa tallada, amb capes de diversos colors.

capada: moviment lleuger del cap.
capbussó: acció de tirar-se de cap a l'aigua.
capteniment: comportament.
caramuixa: mena de planta.
carcanada: esquelet.
carmanyola: receptacle per guardar aliments freds.

catau: cau, amagatall.
cel·lofana: làmina de cel·lulosa transparent.
clapar: dormir.
clin: pèl de la cua o del bescoll del cavall.
clissar: veure.
cohort: grup de combatents.
coll: el punt més baix de la carena d'una muntanya.
coma: fondal, clot entre muntanyes.
contrada: rodalia d'un punt geogràfic.
corcar: rosegar els corcons (la fusta).
cremadent (a): amb molta pressa.
culinari: de cuina.
desempallegar-se: alliberar-se d'una molèstia.
desentumir: recobrar el moviment un múscul paralitzat.
desesmat: sense esma, incapaç.
eixam: pilot, gran quantitat d'insectes voladors.
embolcallar: embolicar, cobrir.
embranzida: impuls, empenta.
empaitar: acaçar, perseguir.
empassolar: engolir.
empipat: enfadat, disgustat.
encastar: fixar una cosa introduint-la parcialment.
endrapar: menjar.
engalipar: enganyar, embolicar.
engrapar: agafar amb la mà, d'un grapat.
enllardufat: embrutat.

ensopit: mig adormit.
entaforar-se: ficar-se en un forat, en un racó.
enteixinat: encreuament de bigues en la part baixa d'un sostre.
entomar: agafar una cosa a l'aire evitant que caiga a terra.

entrebanc: obstacle.
envistes: lloc des d'on es pot veure un punt llunyà.
envitricoll: embolic.
escolar: eixir un líquid per un forat, per un conducte.
esdernegar: fer malbé, destrossar.
esgrogueït: que s'ha descolorit i s'ha tornat groc.
esllavissar-se: desprendre's.
esma: capacitat de fer una cosa instintivament.
espadat: cingle, abisme.
esperitat: posseït per un mal esperit.
espetec: explosió.
esquer: porció d'aliment que es posa en l'ham, en un parany, per atraure la presa.
esfilagarsar: desfer-se un teixit.
esquifit: escarransit, insignificant.
esquinçar: partir un teixit, un paper, etc., estirant-lo.
esquitllentes (d'): separant-se del lloc on volia fixar-se.
estalonar: seguir de prop.
estalvi: en lloc segur i bo de salut.
estavellar: trencar a trossos una cosa llançant-la, colpejant-la.
estellar: partir al llarg, fer estelles.
estenallat: estès a terra, obert de braços i cames.

estibat: apilat.
estomacar: colpejar, apallissar.
estossinar: matar a colps.
estovar: fer tou.
estrep: receptacle per al peu del genet.
estri: objecte amb alguna utilitat, utensili.
esverament: espant, excitació.

etzibar: pegar.

factòtum: persona que fa de tot, s'encarrega de tot.

faroner: guarda d'un far.

fastigós: repugnant.

fatxenderia: orgull, presumpció.

fila: aspecte, fatxa.

fita: senyal, límit.

floc: petit bolic de fibres.

fondalada: terreny enfonsat.

fonoll: (o fenoll) mena de planta.

fòtil: menuderia, trasto.

frec (a): tocant, rasant.

fregitel·la: conjunt de coses fregides.

ful: fals.

galdós: (irònicament) bo, exitós.

galiassa: persona o bèstia molt grossa.

galindaina: adorn de poc valor.

gamarús: ocell nocturn semblant al mussol.

ganyota: contorsió de la cara.

gemec: queixa amb veu inarticulada.

glopada: líquid que passa d'un sol colp per la gola.

glopeig: acció de retenir i agitar un líquid dins la boca.

gorg: gran profunditat.

greuge: ofensa, perjudici.

grinyolar: fer un soroll estrident dos cossos en fricció.

gronxar-se: agrunsar-se, moure's de vaivé.

guatlla: ocell de color terrós, llistat d'ocre i negre. Fig. mentida.

guingueta: barraca, taverna.

guitza (fer la): molestar, irritar.

hora (d'): prompte.
inerme: indefens.
iot: embarcació recreativa d'una certa grandària.
jussà: inferior.
lassitud: cansament.
llagut: petita embarcació de pesca i cabotatge, amb vela llatina.
llambregada: mirada.
llampant: lluent, brillant.
llardós: brut de greix.
llefiscós: viscós i enganxós.
llentiscle: arbust de muntanya.
llitotxa: llitera.
llosca: punta, resta de cigarret.
llostrejar: fer una claror tènue al vespre o a la matinada.
luxació: desplaçament d'un os en una articulació.
macat: fet malbé per un colp o pressió.
macadura: punt on una cosa s'ha macat.
marrec: criatura.
masegar: fer malbé pressionant, xafant, arrugant.
màstec: mastegot, colp donat amb la mà.
menar: conduir.
mestressa: ama.
metzina: verí, substància tòxica.
munió: gran quantitat.
muntant: peça vertical sobre la qual van muntades les altres.

nafrat: ferit.
neguitós: desficiós, inquiet.
nus: unitat de velocitat, una milla (1.482 m.) per hora.
oremus (perdre l'): desorientar-se totalment.
pagell: peix rosat, freqüent als fons de roca del

nostre litoral.

palplantat: dret i immòbil.

peladits: encenedor en què cal accionar la rodeta que fa saltar l'espurna directament amb la mà.

pendís: terreny inclinat, pendent.

perdis: perdut.

perista: expert.

pessigolleig: sensació tàctil davant una fricció suau.

pet de (un): una gran quantitat.

picossada: porció, quantitat respectable.

pinxo: qui tracta d'imposar-se fent por.

pirandó (tocar): anar-se'n.

pleret (a): sense pressa.

pòsit: corporació de persones dedicades al treball a la mar.

puig: muntanya de forma aproximadament cònica.

punyida: sentida, punxada.

quintar: unitat de pes equivalent a 4 roves, o a 100 kg.

ràfia: fibra vegetal per fer cordells, cistells, etc.

rateta (fer la): dirigir un raig de llum als ulls amb un espill.

rec: sèquia.

refrec: acció de tocar superficialment, refregada.

regalimar: caure a gotes.

reguitzell: llarga sèrie.

remugar: mastegar per segona vegada, parlar entre dents.

renec: blasfèmia, paraula grollera.

rescabalar: recuperar-se d'una pèrdua.

restallera: conjunt de coses posades a continuació les unes de les altres.

revifar: reviscolar, refer-se.

roda: peça de vertical que, a les embarcacions, s'alça des de la quilla a proa i popa.

rodolar: (o redolar) donar voltes al llarg d'una superfície sobre si mateix.

rogall: veu presa, apagada.

sacrilegi: violació de persona, objecte o lloc sagrat.

saladina: salobre, ruixim de sal que perjudica les plantes.

sarabanda: tipus de dansa.

seguici: conjunt de persones que fan juntes el mateix camí.

senalla: cabàs més ample de boca que de baix.

senderi: seny, enteniment.

sengle: un per a cadascun.

sextant: aparell que permet mesurar l'altura d'un astre.

siurell: xiulet de terrissa típic de Mallorca amb forma d'home, cavall, etc.

sobtat: inesperat.

soca: la part més baixa del tronc.

sostremort: espai entre el sostre i la coberta.

sot: clot.

sotrac: moviment brusc d'un vehicle en trobar una irregualritat.

suara: poc abans, adés.

sutge: restes de la combustió en forma de pols negra.

tossa: volum.

trenca: encreuament de carrers o carreteres, trencant.

trincar: fer xocar els gots o copes bevent entre companys.

tronat: vell, decrèpit.

vellutat: que és suau com el la tela de vellut.

veral: contrada.

verga: perxa fixada a l'arbre d'una embarcació a la qual se subjecta una vela.

volva: partícula flotant.

xafallós: que té un defecte de parla que fa confondre essa i xeix.

xarel·lo: varietat de raïm blanc dolç i el vi que se'n fa.

xarrupar: beure xuclant.

xivarri: rebombori, escàndol.

zumzeig: soroll produït per una vibració.

Índex